혜수, 해수 2

혜수, 해수 2 뱀파이어

초판 1쇄 발행 2022년 9월 16일
2쇄 발행 2023년 6월 2일

지은이 임정연
펴낸이 강수걸
기획실장 이수현
편집장 권경옥
편집 이선화 강나래 신지은 오해은 이소영 김소원 이혜정
디자인 권문경 조은비
펴낸곳 산지니
등록 2005년 2월 7일 제333-3370000251002005000001호
주소 부산시 해운대구 수영강변대로 140 BCC 613호
전화 051-504-7070 | 팩스 051-507-7543
홈페이지 www.sanzinibook.com
전자우편 sanzini@sanzinibook.com
블로그 sanzinibook.tistory.com

ISBN 979-11-6861-085-9 44810
978-89-6545-720-6 (세트)

혜수, 해수

❷ 뱀파이어

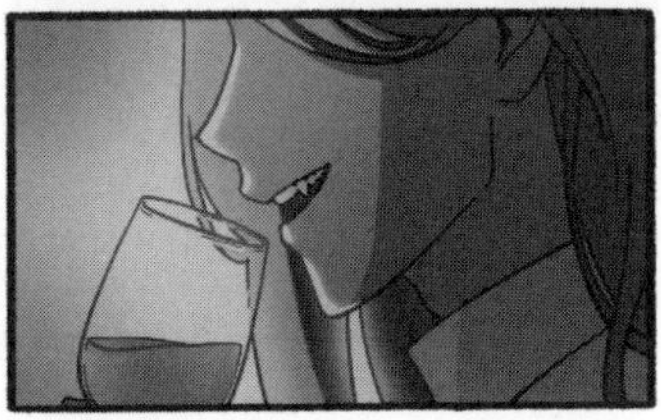

임정연 장편소설

산지니

차례

10월 11일

혜수

어디선가 지저귀는 새소리가 들려왔다. 베개에 머리를 묻은 채 한동안 그 소리를 듣고 있었다. 눈을 뜨자 익숙한 천장이 보였다. 창으로 환한 햇살이 비쳐들었다. 침대에 누워 크게 기지개를 켰다. 포근한 이불 속에서 벗어나기가 싫었다. 손을 더듬어 머리맡의 핸드폰을 집어 들었다. 몇 시나 되었지? 9시, 9시? 9시! 큰일 났다. 지각이다! 이불을 걷어차고 후다닥 침대에서 뛰어나왔다. 옷장을 열고 서둘러 교복으로 갈아입었다. 스타킹을 찾아 서랍을 열었다. 서랍에 스타킹이 없었다.

"엄마."

방 밖으로 얼굴을 내밀고 소리쳐 불렀다. 그런데 대답이 없었다. 무슨 일이지? 9시가 넘었는데 깨우지도 않고 대답도 안 하고.

"엄마, 엄마."

가방을 들고 방에서 나오며 소리쳐 엄마를 불렀다. 하지만 엄마는 주방에도 없었다. 밖에 나갔나? 막 전화를 하려는데 엄마가 안방에서 부스스한 모습으로 나왔다.

"엄마, 스타킹. 스타킹 어딨어?"

"스타킹? 어디 가려고?"

엄마가 잠이 덜 깬 눈으로 쳐다보았다.

"아, 학교 늦었단 말야. 스타킹."

"오늘 토요일인데."

"뭐? 토요일?"

"응, 토요일."

엄마가 머리를 끄덕이며 말했다. 얼른 핸드폰으로 요일을 확인했다. 헐, 토요일. 들고 있던 가방이 툭 떨어졌다. 맞다. 어제 금요일이라 할머니 집에서 빨래 가지고 집으로 왔었지.

"아침 줄까?"

엄마가 하품을 하며 물었다.

"응."

"빵 먹을래?"

"응."

"옷 갈아입고 와."

엄마는 아침을 준비하려는 듯 주방으로 돌아섰다. 가방을 질질 끌고 방으로 갔다. 교복을 벗어 걸어놓고 편한 옷으로 갈아입고 나왔다. 식탁에는 잘 구워진 토스트와 잼이 놓여 있다. 식탁 앞에 앉자 엄마가 계란 프라이를 가져다주었다.

"아빠는?"

"낚시 간다고 새벽에 나갔어. 먹어. 엄마는 한숨 더 잘게. 우유는 냉장고에 있다."

"응."

등 뒤로 방문 닫히는 소리가 들렸다. 토스트에 잼을 발라 한 입 베어 물었다.

오후에 학원 수업이 끝나자마자 애들과 함께 편의점 테이블에 둘러앉았다.

"애들아, 여기 봐봐."

핸드폰을 보던 채원이가 환하게 웃으며 폰을 내밀었다.

"오늘 여기 어때?"

핸드폰 화면에 클럽인 듯 조명이 번쩍이고 사람들이 춤추는 영상이 떠 있었다.

"우리 클럽 못 가잖아."

민주가 입술을 내밀었다. 그 소리에 채원이가 생긋 웃었다.

"저번에 얘기했지. 우리 오빠 여기서 알바한다고."

"응."

유리가 기대에 찬 눈으로 보며 고개를 끄덕였다.

"오늘 들여보내 주기로 했다."

채원이가 짠하며 손으로 V자를 만들어 흔들었다.

"진짜?"

"응."

"정말?"

민주가 눈을 빛내며 앞으로 당겨 앉았다. 채원이가 의기양양한 얼굴로 말했다.

"성진이 오빠 수시 합격된 거 축하해주려고, 내가 오빠한테 부탁했지."

그러면서 혀를 쏙 내밀었다.

"그럼 둘만 가지 왜 우리까지?"

듣고 있던 혜원이가 시큰둥한 얼굴로 말했다.

"둘만 가면 좀 그렇잖아. 그러니까 너희들이 같이 가주라. 응? 응?"

채원이가 부끄러운 듯 발그레해진 볼을 손으로 감싸며 말했다.

"대신 이상한 소리하면 너네 죽어. 죽어. 죽어."

채원이가 애들을 하나하나 돌아보며 소리쳤다.

"그럼 언제 가?"

민주와 유리가 흥분한 얼굴로 물었다.

"7시에 홍대 입구 2번 출구."

"그래."

"그래."

"오케이."

클럽 같은 데 별 흥미가 없는 나와 혜원이만 빼고 모두 신이 난 모습이었다. 뭘 입고 가면 좋을까 하고 열심히 떠들었다. 혜원이가 열을 올리며 떠드는 셋을 보며 고개를 저었다.

약속 시간에 애들과 함께 전철역 앞에서 기다렸다.

"애들아, 여기. 여기."

우리를 보고 채원이가 멀리서 달려오며 손을 흔들었다. 옆에는 채원이의 남친 성진이가 함께 있었다. 성진은 우리보다 한 학년 위로 학교에서 몇 번 본 적이 있다. 혜원이의 말처럼 채원이만 만나는 눈치가 아닌데도 채원이는 모른 척했다. 아니 사실을 얘기하면 성진이가 떠날까 봐 두려워하는 모습이었다.

"왔으니까 가자."

민주가 냉큼 채원이의 팔짱을 끼며 재촉했다. 가게 앞에 도착하자 옆 골목으로 들어가서 채원이가 오빠에게 톡을 했다. 옆에서 함께 화면을 들여다보았다.

–우리 도착했어.

–어딨어?

잠시 후 가게의 뒷문이 열리더니 누군가 손짓을 했다.

"채원아."

"오빠."

채원이가 대답하자 모두 그쪽으로 우르르 몰려갔다. 성진이가 채원이의 오빠를 향해 고개를 꾸벅했다.

"안녕하세요."

"어 네가 성진이냐?"

"네."

우리도 함께 인사를 했다.

"안녕하세요."

"안녕하세요."

채원이의 오빠가 고개를 끄덕이더니 채원을 보았다.

"너 들키면 나 잘리니까 조심해."

"응."

채원이가 배시시 웃으며 고개를 주억거렸다.

"무슨 일 있으면 바로 부르고."

오빠가 우리를 가게 안으로 데리고 들어갔다. 채원이가 뒤를 졸졸 따라가며 들뜬 목소리로 물었다.

"오빠. 오빠. 여기 오늘 패밀리어 나온다며?"

"응. 나도 몰랐는데 오늘 스페셜이 패밀리어야."

오빠가 앞에서 걸어가며 말했다.

"패밀리어? 그게 뭐야?"

민주가 눈을 동그랗게 뜨고 채원이를 쳐다보았다.

"설마 그 패밀리어?"

유리가 펄쩍 뛰며 좋아했다. 유리는 패밀리어가 누군지 알고 있는 눈치였다. 민주가 유리를 보았다.

"그게 뭔데?"

"야 요새 짱 인기 있는 팀이야. 클럽에서 퍼포먼스하는 팀인데, 어디 정해놓지 않고 여기저기 랜덤으로 나오고 한 달에 한 번씩 스페셜 퍼포먼스하는데 진짜 짱이다."

유리가 재빨리 폰을 뒤져 유튜브에 있는 영상을 찾아 보여주었다. 둥글게 모여서 그것을 들여다보았다. 어딘가에서 공연하는 모습을 촬영한 영상인 것 같은데 퍼포먼스가 기가 막혔다. 그냥 멋지다 잘한다 정도를 뛰어넘는 뭔가가 있었다.

"야, 요새 짱 인기 있는 팀이야."

유리가 흥분한 듯 다시 소리쳤다.

"아이돌들이 같이 콜라보 하자는데도 연락이 안 되는 팀이래."

"진짜?"

민주가 놀란 듯 눈이 커다래졌다.

"응. 연락처고 사무실이고 아무것도 몰라서 못 한대."

유리가 굉장한 비밀을 털어놓듯 속삭였다.

"그래?"

민주가 입을 딱 벌렸다. 나와 혜원이의 눈이 마주쳤다. 혜원이가 어깨를 쓱 올렸다. 딴 애들은 난리지만 우리는 그게 뭐 하고 덤덤했다. 채원이가 오빠의 팔을 잡았다.

"오빠. 우리 마실 것 좀 안 될까?"

"마실 거 뭐?"

"응. 맥주."

"쓸데없는 소리 하지 마."

오빠가 채원이에게 인상을 쓰며 테이블 하나를 가리켰다.

"야, 저쪽에 가 있어. 내가 이따 콜라 좀 가져올게."

"피이."

채원이가 샐쭉해져서 고개를 홱 돌렸다.

"너 집에 가서 엄마한테 이른다."

"잘못했어. 잘못했어."

채원이가 금세 울상을 하며 양손을 싹싹 빌었다. 그러고 나서 채원이의 오빠는 일을 하러 갔다. 클럽 안에 음악이 쾅쾅 울리고 있다. 천장에는 번쩍거리는 조명이, 아래쪽에서는 하얀 연기가 피어오르고 있다. 스테이지 안에는 겁나 많은 사람들이 춤을 추고 있었다. 멀리서 봐도 발 디딜 틈이 없이 북적거렸다. 채원이가 스테이지 쪽을 보는가 싶더니 성진이의 팔을 잡아끌었다.

"오빠. 오빠. 우리 춤추자."

성진이가 채원이에게 끌려 나가자 그 뒤를 민주와 유리가 쪼르르 좇아갔다. 나와 혜원이는 테이블의 의자에 기대앉아 사람들을 구경했다. 턱을 괴고 스테이지를 보고 있는 혜원이를 쳐다보았다.

"넌 안 가냐?"

"아, 귀찮아. 넌?"

"애들 노는 덴데 뭐."

내가 팔걸이를 두드리며 말하자 혜원이가 피식했다.

"야, 너도 애거든?"

"야, 난 쟤들하고 경험한 게 다르잖아."

목을 꼿꼿이 세우며 말하자 혜원이가 또다시 푸하 했다.

"그건 나도 했거든."

"팔은 어떠냐?"

"인제 뭐 멀쩡해."

혜원이가 괜찮다는 듯 깁스를 했던 한쪽 팔을 툭툭 쳤다. 그때 채원이의 오빠가 쟁반에 음료수를 들고 왔다. 테이블에 그것들을 내려놓으며 물었다.

"애들은 어디 갔냐?"

"저기요."

내가 스테이지 쪽을 가리켰다. 애들은 클럽 안의 분위기에 흥분한 듯 신나게 놀고 있었다. 채원이는 성진이와 함께 웃고 있고, 유리와 민주도 옆에서 방방 뛰고 있었다.

"그래? 여기 두고 갈게."

오빠가 바쁜 듯 사라졌다. 한참 신나게 놀던 애들이 이쪽으로 와서 의자에 털썩털썩 주저앉았다. 유리는 흥분한 얼굴로 팔을 휘저으며 재잘거렸다. 채원이는 성진이와 붙어 앉아 떠들고 있었다. 혜원이가 유리를 보며 물었다.

"너 목 안 마르냐?"

"나 목말라."

"콜라 마셔, 콜라."

혜원이가 유리 쪽으로 콜라잔을 밀어주며 말했다. 그때 실내의 음악 소리가 줄어들고 중앙 무대에 환상적인 조명이 켜졌다. 마이크를 든 남자가 앞으로 걸어 나왔다.

"지금부터 여러분이 기대하시던 스페셜 무대가 펼쳐집니다. 오늘의 스페셜 무대를 빛내줄 패밀리어를 소개합니다!"

그 소리에 스테이지에 있던 사람들이 박수를 치고 흥분한 목소리로 와와 소리 질렀다. 클럽 안을 찢을 듯한 환호성이 터져 나왔다.

"패밀리어 오늘의 게스트는 발레리노 유대한입니다."

커다란 박수 소리와 함께 어떤 남자가 무대 중앙으로 걸어 나왔다. 남자는 하얀 실크 블라우스에 딱 달라붙는 타이즈를 신고 발끝으로 사뿐사뿐 걸어 나왔다. 남자의 뒤로 검은 색 옷을 입은 패밀리어가 따라 나왔는데 모두 섹시하고 예뻤다. 순간 강렬한 음악이 무대를 휘저었다. 좀 전의 환호성은 간데없고 클럽 안의 사람들은 모두 숨을 죽이고 무대를 지켜보았다. 하얀 실크 블라우스의 남자가 가운데에 있고 예쁘고 섹시한 패밀리어가 발레리노를 감싸듯 춤을 추었다. 마치 그 모습은 천사를 둘러싼 악마의 모습을 보는 것 같았다. 힐끔 옆을 보자 스테이지에 서 있는 사람들과 무대 앞의 사람들은 모두 넋을 잃고 있었다. 황홀감에 빠진 듯 입을 아 벌리고 있었다.

앞쪽의 몇 사람이 꿈에서 깬 듯 고개를 흔들며 핸드폰으로 무대를 찍기 시작했다. 부스럭하는 소리에 돌아보자 혜원이가 폰으로 무대를 찍고 있었다.

"야, 너도 찍냐?"

"멋있잖아."

"뭐 그렇긴 한데."

"넌 별로야?"

"뭐가 좀 이상해, 난."

다시 무대로 고개를 돌리는데 아까부터 왠지 모를 이질감이 느껴지고 있었다. 이게 뭐지? 이 께름직한 느낌은? 딱 부러지게 설명할 순 없지만 무대를 보면서 느끼는 기분은 자연스러운 게 아니라 어떤 인위적인 감정이었다. 마치 영혼이 없는 인형이 춤추는 것 같은 그런 느낌이었다. 클럽 안의 사람들은 모두 열광하고 있는데 무대를 보면 어떤 어색한 기운이 느껴졌다. 이게 뭘까?

"왜?"

혜원이가 폰을 주머니에 쑤셔 넣으며 물었다.

"몰라. 왜 그런지 모르겠는데 좀 찝찝하고 그래."

"야, 그날이냐?"

혜원이가 힐끔 보았다.

"아니거든."

"성질은 왜 성질이야."

혜원이가 혼자 중얼거렸다. 무대가 끝나자 클럽 안의 사람들이 일제히 박수를 치고 소리를 내질렀다. 다시 귀가 먹먹한 박수 소리가 터져 나왔다. 마치 기다렸다는 듯 흰색 빛이 가운데에 있는 발레리노에게 쏟아졌다. 하얀 블라우스의 어깨를 들썩이고 있는 잘생긴 발레리노를 향해 사람들이 열광하며 휘파람을 불었다. 발레리노가 허리를 굽혀 사람들에게 정중하게 인사를 했다. 그러자 다시금 무대가 들썩일 정도로 사람들이 환호성을 내질렀다. 순간 불이 딱 하고 꺼졌다 다시 켜졌다. 그리곤 무대 위의 사람들은 사라지고 없었다. 무대 앞으로 쫓아 나갔던 유리와 민주, 채원이가 흥분한 얼굴로 쪼르르 왔다. 우리를 향해 일제히 떠들었다.

"야, 너 봤어? 봤어?"

"너네 봤어?"

유리와 민주는 완전히 흥분했는지 얼굴이 발갛게 달아올라 있었다. 유리는 패밀리어를 직접 봐서 감동을 받은 것 같았다.

"아, 너무 멋있다."

꿈꾸는 듯한 얼굴로 유리가 손을 앞으로 모아쥐었다.

"나 완전 반할 것 같아. 저렇게 멋지니까 기획사 관계자들이 서로 같이하자고 쫓아다니겠지. 근데 연락이 안 돼서 못 한다잖아."

유리가 멍한 얼굴로 한숨을 내쉬었다. 민주가 다시 한번 무대를 보더니 말했다.

"근데 그 사람들 어디 갔어?"

"원래 이래. 그러니까 못 찾는다고."

유리가 숨을 색색거리며 팔을 흔들었다.

"언제 어디로 왔다가 어디로 가는지 모른다니까."

"봐. 내가 오늘 오자는 거 잘했지?"

채원이가 잘난 척하는 얼굴로 폼을 잡았다. 옆에서 성진이가 좀 전의 무대를 SNS에 올린 듯 폰을 흔들고 있었다.

"우와 조회수 봐봐. 짱이야."

신이 난 듯 소리쳤다.

"거봐 오빠. 내가 오자고 했잖아."

채원이가 성진이의 팔짱을 끼며 코맹맹이 소리를 냈다.

"그래. 우리 채원이."

성진이가 기분이 좋은 듯 채원이의 머리카락을 쓰다듬었다.

"오빠 나 뽀뽀."

채원이가 얼굴을 들이대자 성진이가 손가락으로 툭 밀었다.

"야 그건 아니야."

"힝."

채원이가 우는소리를 했다. 테이블에 앉아서 애들이 떠드는 소리를 듣고 있는데 왠지 기분이 섬뜩했다. 지금은 사람들의 열기가 느껴지는데 좀 전 무대를 볼 때 느낀 차갑고 서늘하고 섬찟한 느낌은 뭘까. 그 차갑고 섬찟한 느낌이 사람들을 휩싸고 있는데 무대에 열광한 사람들은 아무것도 못 느끼는 것 같았다. 아마도 사람들은 그 차가운 느낌에 매료되는 게 아닐까. 콜라를 쭉쭉 빨아들이며 혼자 골똘히 생각에 잠겼다.

10월 11일~12일

해수

저녁 무렵 사무실을 나서는데 입구에서 문규와 마주쳤다. 문규가 궁금한 눈으로 쳐다보았다.

"어디 가?"

"나 아직 일이 덜 끝나서."

"그래? 난 다 끝났는데."

"그래? 그럼 낼 봐."

문규를 향해 손을 번쩍 들고 복도로 나섰다. 문규가 뒤를 따라왔다.

"야, 혼자 가기 심심하면 내가 같이 갈게."

"뭐야?"

옆으로 따라붙는 문규를 쓱 돌아보았다.

"야, 화정 차사가 일 보러 내려갔잖아."

"그럼 같이 가지."

"개인적인 일이라고 따라오지 말래."

"따라오지 말라고 했다며?"

걸음을 재촉하며 대꾸하자 문규가 쫓아오며 구시렁거렸다.

"근데 보고 싶잖아."

"야. 됐다, 야."

고개를 설레설레 저으며 말했다.

"따라와."

문규와 함께 외선을 타고 아래로 내려왔다. 여기도 저녁 무렵이라 해가 지고 있다. 여기저기서 네온사인이 번쩍이고 차들이 질주하고 도시가 다시 뒤척이기 시작했다. 옆에 나란히 걷던 문규가 돌아보았다.

"야, 근데 너 몇 시에 일 있어?"

"아직 시간 많이 남았어."

"야, 그럼 화정 차사 있는 데 같이 갈까?"

"내가 왜?"

"야, 좀 도와줘. 나 혼자 가면 좀 그렇잖아."

문규가 손을 모아쥐고 불쌍한 표정을 짓고 있다.

"그래 가자, 가. 어딘데?"

"이쪽이야."

문규가 팔을 잡아끌었다. 잡아끄는 대로 따라갔다. 해가 져서 주위는 벌써 어두컴컴했다. 저쪽 멀리 화정 차사의 모습이 보였다. 문규가 신이 난 것처럼 그 방향을 가리켰다.

"야, 저기다, 저기."

그쪽을 보니 화정 차사의 앞에 사람이 쓰러져 있고 시커먼 그림자가 사람을 덮치고 있었다. 시커먼 그림자는 계속 꿈틀대고 있다. 문규를 툭 쳤다.

"야, 저건 뭐야?"

"글쎄."

문규가 화정 차사가 있는 쪽으로 고개를 뺐다.

"응, 글쎄. 사람이나 뭐가 있는 것 같은데?"

문규가 고개를 갸웃하며 말했다. 둘이서 다가가는 기척을 느꼈는지 화정 차사가 쓱 돌아보았다. 그러자 사람 위에서 꿈틀대고 있던 시커먼 그림자가 재빨리 화정 차사의 뒤로 숨었다. 화정 차사의 등에 달라붙은 시커먼 그림자는 뭐라고 속삭이더니 순식간에 사라졌다.

"웬일이야."

화정 차사가 쌀쌀맞은 표정으로 문규를 쳐다보았다.

"나 혼자 온다고 했잖아."

"아, 난 해수 일 때문에 온 거야. 해수 일 때문에 온 거지 절대 자기 따라온 거 아니야."

문규가 손을 내저었다.

"좀 전에 그거 뭐야?"

내가 화정 차사의 옆으로 다가서며 물었다.

"아, 내 애완동물."

"어? 애완동물? 뭐 키워?"

"응. 나 키우는 거 있어. 혼자 있으니까 심심하고 해서 키우는 거 있어."

"회사에서 못 봤는데."

내가 고개를 갸웃하자 화정 차사가 생긋 웃었다.

"여깄는 애야."

"그래? 아, 그래서 한 번도 못 봤구나."

고개를 끄덕이는데 화장 차사가 문규 쪽을 보며 물었다.

"응. 근데 자기는 여기 왜 왔어?"

"왜는? 자기 보고 싶어서 왔지."

"따라오지 말랬지."

화정 차사가 눈을 흘기며 말했다.

"해수 일 때문에 왔다니까."

문규가 또다시 아까 한 말을 반복했다. 그래봤자 화정 차사도 나도 아무도 믿어주지 않을 소리를 계속 떠들어댔다. 저 푼수.

"근데 자기 언제 끝나?"

문규가 화정 차사에게 물었다. 그 소리에 화정 차사가 손목에 찬 시계를 보았다. 화정 차사 앞에 한 사람이 쓰러져 있고 아직 숨이 끊어지지 않은 듯 가슴이 오르내렸다. 꼼짝도 못 하고 누워 있는 걸 보니 아마도 심장마비인 듯싶었다.

"응. 몇 분 있으면 되겠네."

힐끔 아래를 보며 화정 차사가 말했다.

"남은 게 이 사람이야?"

"응."

"뭐야 아직 안 죽었네?"

"응. 거의 다 돼가."

"그럼 우리 그동안 뭐 하지?"

문규가 화정 차사에게 찰싹 달라붙으며 말했다. 그걸 보자 몸이 오글거렸다. 얼른 이 자리를 떠나는 게 상책이다.

"난 간다."

손을 번쩍 들고 몸을 돌리자 뒤에서 문규가 소리쳤다.

"야, 어디 가?"

"됐어. 따라오지 마."

그 소리에 몇 걸음 따라오던 문규가 주춤했다.

"해수씨. 잘 가."

화정 차사가 웃으며 손을 흔들었다. 문규와 화정 차사가 있는 데서 멀어지자 주머니에서 휴대폰을 꺼냈다. 일하러 갈 시간까지 아직 많이 남아 있어 여자아이에게나 가볼까 하는 생각에 전화를 걸었다.

"어디냐?"

"저 애들하고 놀러 왔는데요."

전화기 너머로 음악 소리가 시끄럽게 쿵쿵 울리고 있다. 여자아이가 소리를 질렀다.

"커피나 한잔하자."

"저 애들이랑 놀고 있다니깐요."

"클럽 같은 데가 뭐가 재미있다고."

"노친네 티 내고 있어."

여자아이가 작은 소리로 구시렁거렸다.

"뭐?"

"아, 아니에요."

"언제 끝나?"

"몰라요."

귀찮아 죽겠다는 소리가 날아왔다.

"그래. 알았다. 놀아라."

전화를 끊고 다시 시간을 보았다. 일하러 갈 시간까지 아직 많이 남아 있다. 터벅터벅 어둠이 내린 도시의 거리를 걸었다. 인적이 드문 곳을 지나 번화가로 나왔다. 노랗게 물들어가는 나뭇잎들이 밤바람에 흔들리고 있었다. 네온사인의 불빛이 점점 물들고 있는 단풍잎 위에서 넘실거렸다. 이 시간까지 거리에 사람들이 많았다. 길가의 벤치에 앉아 흘러가는 거리를 바라보았다. 차가 달려가고 오토바이의 경적 소리와 함께 큰 소리로 떠들며 웃고 지나가는 학생들의 무리가 보였다. 한쪽의 커다란 창이 있는 카페는 아직도 사람들로 북적거렸다. 문이 쉴 새 없이 열리고 닫혔다. 커피를 마시는 사람들을 보며 그 향기를 떠올렸다. 예전에는 몰랐는데 여자아이 덕분에 사람들한테 관심이 생겼다고 할까. 12 갑자를 사는 동안 이런 관심이 생기기는 처음이었다. 카페에서 유모차를 밀고 젊은 부부가 나왔다. 남자가 유모차를 밀며 앞에서 가고 뒤로 아이스크림을 먹고 있는 어린애의 손을 잡은 여자가 뒤따라갔다. 어린애가 내 옆을 지나갈 때 나도 모르게 머리를 쓰다듬었다. 아이는 뭐지? 하는 눈으로 둘레둘레 고개를 돌렸다. 그들이 지나가자 카페 옆의 동물병원에서 어떤 여자가 개를 안고 걸어 나왔다. 컹 하는 소리에 쳐다보자 차창에서 던진 담배꽁초가 인도로 굴러떨어졌다. 어떤 남자가 다리에 그걸 맞았는지 욕지거리를 내뱉었다. 젊은 여자 하나는 휴대폰에 대고 악을 쓰고 있었다. 그리곤 퓨즈가 나간 사람처럼 계속 소리를 질러댔다.

자시가 넘어가자 엉덩이를 툭툭 털고 벤치에서 일어섰다. 시간이 다 되었다. 이제 일하러 가야겠다. 폰을 꺼내서 명부를 확인했다. 장소는 도심에서 한 시간쯤 떨어진 복두산 속이었다. 거리가 있어 날아가기로 했다. 몸이 붕 떠올랐다. 건

물들을 뚫고 계속 지나갔다. 한적한 숲속에 도착하니 5분 전이었다. 컴컴한 숲속에 시커먼 나무들이 장승처럼 빽빽하게 서 있었다. 촘촘한 나무들 때문인지 바람도 멈춘 듯 사방이 고요했다. 앞에 흰색 옷을 입은 남자가 쓰러져 있었다. 주위에는 아무도 없었다. 시커먼 어둠만이 똬리를 틀고 있다. 물끄러미 정신을 잃고 쓰러져 있는 사람을 보았다. 대체 이 시간에 왜 이런 한적한 숲에서 죽은 걸까. 이상해서 고개를 갸웃했다. 무릎을 꿇고 들여다보니 얼굴에 핏기가 하나도 없었다. 폰을 꺼내서 시간을 확인했다. 3…2…1. 이제 시간이 되었다.

"유대한씨, 유대한씨, 유대한씨."

이름을 세 번 부르자 땅에 쓰러져 있는 사람이 스르륵 일어섰다. 그리곤 놀란 듯 주위를 두리번거리다가 눈이 마주쳤다.

"아니, 여기가 어디?"

"여기는 서울에서 좀 떨어진 숲속인데 1989년 3월 20일생 유대한씨가 맞습니까?"

"예, 맞긴 한데… 누구세요?"

"네. 유대한씨는 2019년 10월 12일, 오늘 사망하셨습니다."

그 소리에 남자가 놀란 듯 눈을 치뜨며 펄쩍 뛰었다.

"주, 죽어요? 내가?"

“네. 유대한씨는 방금 사망하셨습니다. 사인은 급성 빈혈과 심장마비입니다.”

“네?”

남자가 깜짝 놀란 듯 눈을 부릅떴다.

“예? 저 좀 전까지 홍대 있었는데?”

“아, 마지막으로 기억나는 게 홍대세요?”

“네. 저 홍대 있었어요.”

남자는 어두운 숲을 계속 두리번거렸다.

“예. 홍대에서 같이했던 퍼포먼스 팀과 뒤풀이하고 있었는데. 아, 이게 어떻게 된 거지?”

남자가 눈을 희번덕거렸다.

“나 월요일 날 출근해야 되는데.”

“유대한씨는 운명하셨습니다. 저기.”

손을 들어 풀숲에 쓰러져 있는 남자의 몸을 가리켰다. 그제야 남자가 희게 질린 얼굴로 털썩 주저앉아 몸을 부르르 떨었다.

“어떻게 이런 일이. 아니, 좀 전까지.”

남자는 믿을 수 없다는 듯 계속 같은 말을 되풀이했다.

“받아들이기 힘드시겠지만 유대한씨는 오늘 돌아가셨습니다. 유대한씨의 사망은 이미 정해져 있었고 이것은 운명이니 받아들일 수밖에 없어요.”

"아니, 어떻게 이런 일이."

남자의 잘생긴 얼굴에서 마구 눈물이 흘러내렸다. 남자는 손으로 얼굴을 감싼 채 몸을 떨며 계속 울었다.

"이렇게 갑작스럽게 죽음과 맞닥뜨리면 누구나 아쉽고 받아들이기가 쉽지 않습니다."

"아니 이럴 수가. 내가 죽다니."

남자는 계속 몸을 흔들며 울부짖고 있었다.

"이미 끝난 일이니 이제 어쩔 수가 없어요. 죽음 이후에도 절차가 있으니 이제 같이 가시죠."

계속된 설득에 그제야 남자가 휘청휘청 몸을 일으켰다. 아직도 믿을 수가 없다는 듯 입술이 떨리고 울어서 퉁퉁 부운 눈에 반쯤 넋이 나간 채로 함께 길을 떠났다. 순순히 따라나서는 걸 보니 지금은 쇼크 상태였다. 남자가 지금 자신의 죽음을 받아들여서 따라오는 것은 아니다. 그냥 자동인형처럼 움직이고 있을 뿐이다. 이런 케이스는 노인이나 지병이 있는 사람들에 비해 쉽게 죽음을 받아들이지 않는다. 젊은 데다 갑작스러운 죽음은 인정하는 데 시간이 필요하다. 저쪽 세상에 가서도 한동안 자신의 죽음을 받아들이지 않는다. 그래서 때때로 갈등과 소란을 일으키는 사람들이 이런 케이스다. 남자를 데리고 숲을 떠났다.

내선을 타러 전철역으로 향했다. 전철을 타고 가는 동안 남자는 멍한 눈으로 창밖으로 흘러가는 풍경을 바라보고 있다. 그 모습이 처량하고 쓸쓸하기 짝이 없다. 남자는 G지구의 사무실에서 수속을 마치고 나왔을 때도 여전히 마비된 듯한 모습이었다. 아마도 49재가 지난 뒤에도 계속 저런 모습일 것 같았다.

새벽까지 일을 했더니 커피 생각이 났다. 지금 가볼까? 여자아이의 집으로 내려갔다. 여자아이는 곤히 자고 있었다. 깨울까 하다가 아직 해도 뜨지 않은 시간이라 잠시 기다리기로 했다. 침대 옆 책상 의자에 앉아 핸드폰을 뒤적이다 보니 창밖이 밝아왔다. 여자아이는 아직도 잠에 빠져 있었다. 창문으로 비쳐든 햇살이 여자아이의 얼굴을 비췄다. 이제 그만 깨울까 하고 여자아이에게 다가갔다. 여자아이의 뽀얀 피부가 햇살에 반짝거렸다. 멈칫 손을 멈추고 가만히 침대 옆에 다가앉았다. 갑작스레 신장이 되고, 여자아이를 노리는 악령과 싸우느라 자세히 볼 겨를이 없었는데, 찬찬히 살펴보니 제법 예쁜 얼굴이었다. 12 갑자를 지나는 동안 천천히 변해와서 크게 느끼지 못했는데, 자는 여자아이의 얼굴을 바라보니 자신이 살아 있을 때와 많은 것이 변했다는 것을 느낄 수 있었다. 새근거리는 여자아이의 숨결에 얼굴이 간지러웠다. 기척을 느꼈는지 여자아이의 눈꺼풀이 살며시 올라갔다.

재빨리 책상 의자에 앉아 폰을 들여다봤다. 여자아이는 눈을 몇 번 깜박거리더니 놀라며 일어나 앉았다.

“어, 차사님. 아침부터 웬일이세요?”

잠에서 막 깨어난 부스스한 모습이 귀여웠다.

“웬일은. 해가 뜬 지 언제인데 아직까지 자고 있냐?”

짐짓 모른 척 의자에서 일어섰다.

“오늘 일요일이잖아요.”

여자아이는 졸리는지 쿠션을 안고 침대에 드러누웠다.

“일어나. 커피 한잔하자.”

“아, 오늘 일요일인데.”

“일요일은 밥도 안 먹고 사냐? 일어나. 해가 중천인데 어딜.”

“아, 졸려 죽겠는데, 진짜.”

여자아이는 구시렁거리면서 일어나 슬리퍼를 찾아 신었다. 꿍얼거리며 주방으로 가서 캡슐커피를 내렸다. 커피를 내리면서 힐끔힐끔 째려보았다.

“어제 몇 시까지 놀았어?”

여자아이는 찔리는 게 있는지 움찔했다.

“그게… 새벽까지…”

이제야 상황 파악이 되는지 눈치를 보았다.

“학생이 클럽에서 새벽까지 놀고, 잘한다.”

"아니, 그게 채원이가 같이 가자고 해서…"

"부모님은 아시고?"

"그게…"

"뭐라고 했어?"

"혜원이랑 애들이랑 같이 늦게까지 공부한다고…"

여자아이는 혹시 부모님에게 들릴까 낮은 목소리로 대답했다. 그때 커피 머신에서 모락모락 김을 뿜으며 커피가 내려오기 시작했다.

"어, 커피 나온다."

커피 머신을 가리키자 여자아이가 몸을 숙이고 커피 향을 맡았다. 나도 숨을 깊이 들이마셨다. 진한 커피 향이 온몸 가득 느껴졌다. 눈을 감고 한 번 더 숨을 들이마셨다. 확실히 아침의 커피 향은 다른 때보다 더 진하고 상쾌하게 느껴졌다.

"근데 꼭두새벽부터 무슨 일이에요?"

여자아이가 커피잔을 식탁에 내려놓으며 물었다.

"금방 일 끝나서 커피 한잔하러 왔지."

"새벽에 일 있었어요?"

"응. 아까 새벽에 한 건 있어서 처리하고 온 거야."

"어차피 저승사자는 잠도 안 자는데, 뭐."

"야, 너 지금 뭐라고 했어?"

"아니에요."

고개를 저쪽으로 픽 돌리며 궁얼거렸다.

"귀는 밝아가지고."

"다 들려."

"커피 드세요, 커피."

여자아이가 커피잔을 들더니 한 모금 마셨다. 나는 의자에 등을 기대고 눈을 감았다. 좀 전의 피로가 싹 사라지는 기분이었다.

"하여간 커피 중독이야. 커피 중독."

여자아이가 중얼거리는 소리가 들렸다.

10월 13일

혜수

월요일 날 점심시간이었다. 아침을 거른 탓에 급식을 받아 신나게 자리로 쫓아갔다. 식판을 내려놓으며 고개를 들었다.

"야, 어제 있잖아."

막 말을 꺼내려고 하는데 채원이가 입술에 손을 올리며 쉿 했다.

"왜?"

옆을 보자 애들이 유리를 힐끔거리며 쳐다보고 있다. 무슨 일이지 하고 유리를 보니 축 처진 채 풀이 죽은 얼굴로 앉아 있었다. 왜? 하고 채원이를 돌아보자 입 모양으로 '오디션' 하고 대꾸했다. 아, 오디션. 머리를 끄덕였다. '결과 나왔대?' 나도 입 모양으로 물어보았다. 채원이도 입 모양으로 대답했다. '망했대.' 아, 그래서 저런 얼굴을 하고 있구나. 유리는 가수가 되고 싶어 했다. 언젠가부터 이런저런 오디션을 보러 다니는 것 같은데 잘 안 되는 모양이었다. 유리는 쫄보라 긴장을 잘했다. 원래 노래도 잘하고 춤도 잘 추는데 긴장만 하면 엉망이 되고 말았다. 지난번 오디션도 엄청 긴장하는 바람에 음 이탈이 나고 안무도 전부 까먹고 말았다. 무대에서 내려온 유리는 한동안 멘붕이었다. 내가 얼른 말머리를 돌렸다.

"넌 어제 뭐 했어?"

채원이에게 물었다.

"어, 난 엄마랑 백화점 갔었지. 민주 너는?"

채원이가 민주를 돌아보았다.

"어, 나는 그냥 집에."

민주가 뻘쭘한 표정으로 유리를 흘끔 보며 대답했다. 유리는 밥도 먹지 않고 입을 꾹 다문 채 고개를 떨구고 있었다. 어깨를 움츠리고 어두운 표정을 하고서 마치 세상이 끝난 듯한 모습을 하고 있었다. 채원이와 민주가 유리의 눈치를 보며 계속 떠들었다. 입을 다물고 있으면 어색하고 뻘쭘할까 봐 그러고 있었다.

"에이 씨."

혜원이가 밥을 먹다가 숟가락을 쥔 주먹으로 테이블을 쾅 치며 말했다.

"야, 오디션 그것밖에 없는 거 아니잖아."

"……"

"다음에 더 큰 데서 되면 될 거 아냐."

"그렇겠지?"

유리가 풀이 죽은 목소리로 대답했다.

"야, 기운 내. 기운 내."

"그래. 그게 끝이 아니잖아."

"다음번에는 잘될 거야."

애들이 돌아가면서 한마디씩 했다.

"야, 그래. 너 노래 잘하잖아."

옆에 앉은 유리의 어깨를 툭툭 쳤다.

"그럴까."

"그럼."

유리의 얼굴이 조금 풀어졌다.

"야, 우리 끝나고 노래방 가자. 이 언니가 쏠게."

유리의 기분도 풀어줄 겸 내가 소리쳤다.

"그래, 그래."

"가자. 가자."

딴 애들도 일제히 맞장구를 쳤다.

"학원은?"

민주가 걱정스러운 표정으로 물었다.

"제끼는 거지."

"그럴까?"

유리가 흥미가 당기는 얼굴로 말했다.

"야, 근데 어디 가지?"

"근처는 그런데."

애들이 폰을 들고 뒤적거렸다.

"요새 SNS에 뜨는 XXX 있잖아. 거기 가자."

내 말에 채원이가 눈을 동그랗게 떴다.

"야, 거기 비싸."

"알바비 들어왔잖아."

내가 자랑스럽게 어깨를 폈다.

"무슨 알바?"

"부적 그리는 거."

"너 부적 그려?"

휴지로 입을 닦고 있던 혜원이가 고개를 들고 쳐다보았다.

"응. 전에는 가끔 한 번씩 했었는데 이번에 내림굿하고 나서는 할머니가 아예 맡기셔서 쏠쏠해. 할머니한테 부적 사 가는 사람들 효과 좋다고 난리야."

"야, 너 짱이다."

혜원이가 엄지를 척 들더니 빙글빙글 웃었다.

"야 내 것도 하나 써줘."

"공짜로?"

"안 되겠냐?"

"안 되지. 자고로 모든 굿이고 부적은 복채에 따라 달라지는 거야."

"벌써부터 장사하냐?"

"그럼. 난 프론데."

팔짱을 끼며 혜원을 쳐다보았다.

"프로가 공짜로 일하는 거 봤니?"

그 소리에 혜원이가 못 들은 척 휴지를 쓰레기통에 던졌다.

"어쨌든 오늘은 내가 쏠 테니까 가자."

애들이 좋아라 하면서 하나둘 급식실을 빠져나왔다. 재잘거리며 운동장으로 나왔다. 나무들이 하나둘 옷을 갈아입고 있었다. 스탠드 뒤쪽에 줄줄이 늘어선 단풍나무는 유난히 빨갛게 물들어가고 있다. 애들이 모두 단풍나무를 돌아보며 예쁘다며 탄성을 질렀다. 하늘은 파랗고 물들어가는 단풍은 빨갛고 내 마음은 가을바람에 하늘하늘 흔들렸다. 운동장 옆을 스쳐 지나가는데 많은 애들이 왁자지껄 한쪽으로 몰려가고 있었다.

"재들 뭐야?"

"어 1학년 누구 하나 전학 왔대."

민주가 그쪽을 쳐다보며 말했다. 애들이 우 몰려가는데 가운데 까만색 양산을 쓴 사람이 걸어갔다. 무리가 움직이자 까만색 양산도 하늘하늘 흔들렸다. 우리도 모두 그쪽을 보았다.

"근데 왜?"

"애가 엄청 이쁘대."

"그래? 어떤 앤지 궁금하네."

혜원이가 멀어지는 무리를 보며 중얼거렸다.

"얼마나 예쁜데?"

채원이가 그쪽을 쳐다보며 물었다.

"엄청 예쁘대."

"흥."

채원이가 고개를 픽 돌리며 걸어갔다.

방과 후에 모두 노래방으로 몰려갔다. 3층에서 엘리베이터의 문이 열리자 채원이가 우와 하고 소리를 질렀다. 요새 뜨는 곳이라고 하더니 가게 입구부터 장난이 아니었다. 복도의 푹신한 소파에는 벌써부터 사람들이 기다리고 있었다. 미리 예약을 해놓은 탓에 우리는 기다리지 않고 바로 들어갈 수 있었다.

"우와. 끝내준다."

방으로 들어가 문을 닫자 애들이 안을 둘러보며 말했다. 방마다 다른 컨셉의 방이 있었는데 우리가 고른 곳은 아이돌룸이었다. 중앙의 커다란 무대 뒤에는 최신 노래방 기계가 번쩍거리고 뒤쪽의 한 면을 차지한 커다란 화면에서 요즘 핫한 아이돌의 영상이 나오고 있다. 천장 위의 할로겐램프들은 색색으로 무대를 비추고 있다. 유리가 아이돌의 영상을 보며 침을 꼴깍 삼키는 모습이 보였다.

채원이가 노래방 기계 앞으로 쫓아가 열 곡이 넘는 곡들을 줄줄이 예약시켰다. 애들이 부르는 레퍼토리를 다 알고 있어 전부 입력시키는 것이다. 그리곤 분위기를 잡을 요량으로 마이크를 잡고 소리쳤다.

"자, 지금부터 선정고등학교의 스타 이유리 양을 위한 특별무대를 시작하겠습니다~"

그 소리에 와아 애들이 함성을 지르며 무대로 뛰어 올라갔다. 채원이가 기다렸다는 듯 시작 버튼을 누르고는 노래를 부르기 시작했다. 한 파트가 끝나자 "민주~" 하고 소리치며 마이크를 민주에게 넘겼다. 이번에는 민주가 "혜원~" 하고 소리치자 혜원이가 냉큼 마이크를 받아서 무대를 휘저었다. 노래를 잘하는 편은 아니지만 분위기를 띄우는 건 잘했다. 혜원이가 유리를 가리키며 소리쳤다.

"이유리!"

유리가 마이크를 건네받아서 메인 보컬 파트를 부르기 시작했다. 옆에서 애들은 커버 댄스를 추며 공연을 펼쳤다. 유리가 고음을 내지르자 방이 웅웅 울리며 목소리가 퍼져나갔다. 애들은 유리의 노래에 맞춰 커버 댄스를 추며 즐거워했다. 그렇게 쉬지 않고 대여섯 곡을 부르더니 소파로 와서 풀썩풀썩 쓰러졌다. 내가 피식하며 인터폰으로 음료수를 시켰다. 일하는 사람이 쟁반에 음료수를 담아서 갖다주었다. 애들은 콜라와 사이다를 마시며 소파에 앉아 쉬었다. 유리가 신이 나서 빨대로 콜라를 쭉 빨아대며 노래방 책을 팔랑팔랑 넘겼다.

"야, 우리 담에 뭐할까? 담에 뭐? 담에 뭐?"

눈이 생기로 반짝거렸다. 그때 똑똑 하고 누가 노래방의 문을 노크했다. 문 옆에 앉아 있던 채원이가 소리쳤다.

"누구세요?"

그 소리에 문이 반쯤 열리며 그 사이로 어떤 여자가 고개를 내밀었다.

"잠깐만."

20대로 보이는 여자가 손을 들며 우리 방으로 들어왔다. 키가 크고 윤기 나는 검은 머리를 하나로 묶고 있었다. 스키니 진에 라이더 자켓을 걸친 여자는 예쁘고 섹시했다. 우리는 무슨 볼일이 있을까 하는 눈으로 모두 그 언니를 쳐다보았다.

"저, 누구세요?"

"난 패밀리어의 체샤라고 하는데."

그 소리에 채원이가 펄쩍 뛰며 소리쳤다.

"저 토요일 날 프롬클럽에서 하셨죠?"

"응. 거기 왔었니?"

여자가 빙그레 웃으며 채원이를 쳐다보았다.

"네. 저 봤어요. 언니 그때 게스트 분 바로 오른쪽에서 하셨던 그분. 맞죠?"

"어, 그래, 그래. 맞아."

여자가 하얀 이를 보이며 생긋 웃었다.

"네. 근데 어쩐 일이세요?"

채원이가 궁금한 눈으로 재빨리 물었다.

"방금 노래한 사람이 누구니?"

여자가 우리를 훑어보며 말했다.

"얘요."

채원이와 민주가 얼른 유리를 가리켰다.

"네. 제가 했는데요."

유리가 부끄러운 듯 눈을 살짝 피하며 말했다.

"지나가다가 들었는데 노래를 너무 잘해서 한번 들어볼 수 있나 싶어서."

여자가 유리와 눈을 맞추며 말했다.

"한 곡 좀 들어볼 수 있을까?"

"아, 네. 뭐."

유리가 어쩔 줄 모르겠다는 듯 우물쭈물한 모습으로 대꾸했다. 갑작스러운 여자의 부탁에 당황한 것 같았다. 체샤라는 여자는 노래방 책을 넘기더니 어떤 노래를 손으로 짚었다.

"너 혹시 이 노래 아니?"

흘끔 보니 가창력도 필요하고 몽환적인 노래로 유명한 곡이었다.

"얘 그거 잘해요."

유리가 대답하기도 전에 채원이가 신이 나서 소리쳤다.

"그래. 그거 한번 불러봐 줄 수 있니?"

"아. 네."

유리가 쭈뼛거리며 무대로 나가 노래를 부르기 시작했다. 처음에는 약간 긴장을 했는지 목소리가 떨렸다. 유리가 눈을 감자 평소의 노래 실력이 나왔다. 체샤가 폰으로 동영상을 찍으며 우리를 돌아보았다.

"잠깐 촬영 좀 해도 되겠지?"

"아, 네."

채원이가 선선하게 대답했다. 순간 유리의 성량이 터져 나오자 체샤가 관심이 있는 듯 몸을 앞으로 내밀고 지켜보았다. 마지막 클라이막스는 쭈욱 뻗어나갔다. 체샤가 팔짱을 끼고 흐뭇한 미소를 짓고 있었다. 노래가 끝나자 우리가 박수를 치고 체샤도 박수를 쳤다.

“잘 들었다. 노래 잘하네.”

“감사합니다.”

유리가 자리에 앉으며 환하게 웃었다. 얼굴이 기쁨으로 달아오르고 있다.

“이따 나도 가서 얘기해 봐야 되는데 혹시 된다면 다음번에 우리 퍼포먼스에 나와 줄 수 있겠니?”

“정말요? 제가요?”

유리의 눈이 화들짝 커졌다.

“다음 퍼포먼스에 보컬을 찾고 있었는데. 네 보컬이 컨셉과 맞아서.”

“야, 너 대박이다.”

그 소리에 채원이와 혜원이가 난리가 났다. 민주는 놀라서 입을 따악 벌리고 있었다.

“야, 한다고 해. 한다고 해.”

채원이가 달뜬 목소리로 소리쳤다.

“친구들이 다들 귀엽게 생겼네.”

체샤가 미소를 띠고 우리를 쓱 둘러보았다. 채원이가 생긋 웃으며 말했다.

“그쵸?”

체샤의 눈이 내게로 왔다.

"이 친구는?"

눈빛이 차갑게 날아와 꽂혔다. 클럽에서 봤던 것보다 차가운 느낌이 더 크게 느껴졌다.

"안녕하세요. 전 혜수라고 합니다."

고개를 꾸벅했다. 내 표정이 딱딱했는지 체샤가 물었다.

"친구는 뭐 기분 안 좋은 게 있나 봐?"

"제가 오늘 좀 컨디션이 안 좋아서요."

"아, 그래."

체샤가 일어서며 유리를 바라보았다.

"어 그러면 내가 회사에 들어가서 얘기하고 연락을 줄게. 번호가 어떻게 되니?"

유리가 체샤에게 이름과 번호를 알려주었다.

"그래. 잘들 놀아."

체샤가 손을 흔들고 문을 닫고 나가자 순식간에 난리가 났다.

"야, 너 패밀리어에 캐스팅되면 너 진짜 대박 나는 거야. 너 오디션 아무것도 아냐."

채원이가 발을 구르며 방방 떴다.

"잘 됐다. 야, 야."

채원과 민주가 손을 맞잡고 흔들었다. 애들이 모두 흥분해서 난리 난 모습을 보며 난 오히려 마음이 가라앉았다. 분명 유리를 축하해주고 싶은데 마음 한켠이 찝찝했다. 느낌이 안 좋다고 할까. 혼자 조용히 손가락을 짚어 점을 봤다. 자, 축, 인, 묘…. 순간 나도 모르게 움찔했다. 유리가 날 보며 환한 얼굴로 물었다.

"혜수야, 나 어떨 거 같아?"

"어?"

"거기 나가면 어떨지 좀 봐줘."

"응. 좋대."

"그치. 그치."

유리가 환한 얼굴로 활짝 웃었다.

"아싸. 아싸."

어깨를 들썩이며 신나 했다. 채원이와 민주가 유리를 앞세워 무대로 우르르 몰려갔다. 그 모습을 보며 한숨을 내쉬는데 옆에서 혜원이가 쿡 찔렀다.

"야, 뭐야?"

"뭐?"

"아까 점괘."

"그게 뭐?"

"거짓말하지 말고. 안 좋아?"

그 말에 다시 한숨을 푹 쉬었다. 지난번 악령과 싸울 때도 그랬지만 혜원이는 이런 일에 있어서는 유난히 눈치가 빨랐다. 이번 일도 숨겨봐야 소용없을 것 같았다. 얘기하기 전에 한 번 더 손가락을 짚었다. 하지만 결과는 마찬가지였다. 나도 모르게 얼굴이 찌푸려졌다.

"그렇게 안 좋아?"

그냥 머리를 끄덕끄덕했다.

"어느 정돈데?"

"죽어."

목소리가 꽉 잠겨 겨우 나왔다.

"막을 방법은 없어?"

"찾아봐야지."

다행히 무대에서 방방 뛰고 있는 노랫소리에 묻혀 우리의 대화를 딴 애들은 들을 수가 없었다. 그게 좋은 건지 나쁜 건지 지금은 알 수가 없다.

10월 14일

해수

G지구의 사무실에서 수속을 마치고 나왔다. 오늘 인도된 망자는 중년의 아저씨였다. 출근하면서 타고 가던 버스에서 뇌졸중으로 사망한 케이스였다. 갑작스러운 죽음에 아직 자신의 죽음을 받아들이지 못하고 있다. 남자는 양복을 입은 어깨를 축 늘어뜨리고 구두를 신은 발을 질질 끌며 전철역 안으로 따라 들어섰다. 남자가 타야 할 방향을 가리키며 말했다.

"저쪽에서 전철을 타시고 A지구 영생빌라까지 가시면 됩니다."

"…어, 예."

아저씨의 황망한 시선이 전철이 나가고 들어오는 부산스러운 역사 안을 훑다가 손에 쥔 폰으로 떨어졌다.

"그럼 안녕히 가세요."

공손하게 인사를 하고 돌아섰다. 발걸음 소리에 돌아보자 남자가 다가와 불쑥 손을 잡고 매달렸다.

"저승사자님 저 이렇게 못 죽어요. 너무 억울해서 이렇게 못 가요."

"예. 그 마음 알아요. 하지만 운명이 정해졌으니 받아들이지 않으면 망자님만 힘들어요. 아까 사무실에서 말씀 들으셨지요? 여기서 생활 잘하시고 평가 좋으면 여러 가지 기회가 생깁니다. 꿈에서 가족분들 만나셔서 미처 못하고 온 얘기들 그때 하시면 돼요. 그러니까 마음 편안히 우선 이곳에서 생활을 잘하세요."

그 말에 중년의 아저씨가 손을 붙들고 눈물을 뚝뚝 떨어뜨렸다. 천천히 아저씨의 손을 잡아빼고는 어깨를 다독였다.

"그럼, 망자님. 기운 내시고요."

"예. 예. 어흑어흑."

돌아서는 등 뒤로 아저씨의 울음소리가 따라왔다. 망자들이 타고 내리는 번잡한 전철역에서 양복을 입은 중년의 남자가 구슬프게 울고 있다. 예전에는 저런 울음소리에 전혀 반응하지 않았는데 지금은 마음이 심란하다. 아마도 그때부터인 것 같았다. 영매가 생기고 커피 향기와 매운 냄새를 맡을 수 있게 된 뒤로. 머리를 흔들어 그 생각을 털어내고 시간을 보았다. 다음 일까지 시간이 제법 남아 있다. 외선을 타고 지상으로 내려왔다. 그리곤 영화관으로 들어갔다.

시간이 시간인지라 안에 사람들이 별로 없었다. 극장을 혼자 전세 낸 것처럼 편하게 앉아 영화를 보았다. 혹시라도 옆에 사람이 앉으면 쓱 일어나 다른 자리로 갔다. 물론 거기 있는 사람은 내가 보이지 않을 테지만 아무도 없는 칸에 조용히 앉아 있고 싶었다. 사람들과 함께 둘러앉아서 영화를 보며 예전에는 좀체 느낄 수 없었던 감정을 느꼈다. 점점 사람들 속으로 스며든다고 할까. 감정이란 것도 훈련하기 나름인 것 같았다. 쓰면 쓸수록 더 많이 흘러나왔다. 저승차사가 이래도 되는 걸까.

영화가 끝나자 일어나서 극장을 나왔다. 이번에는 어슬렁어슬렁 걸어 옆의 시끌벅적한 커피숍으로 들어갔다. 지금은 커피를 마실 수가 없지만 이제는 쉽게 커피 향기를 떠올릴 수가 있었다. 빈자리에 앉아 사람들의 대화를 들으며 앉아 있었다. 사람들의 대화를 듣는 게 지루해지면 창밖을 보았다. 층층이 쌓아 올린 아파트와 빌딩 숲이 눈앞에 펼쳐져 있었다. 내가 살았던 시대와 비교하면 모든 게 풍요로워졌지만 사람들이 더 행복해진 건 아닌 것 같았다. 바쁘게 스쳐 지나가는 행인들, 속도를 높여 달려가는 차들, 스마트폰에 코를 박고 서서 버스를 기다리는 사람들. 세상은 빠르고 눈부시게 획획 변해왔다. 하지만 사람들이 느끼는 행복은 내가 살던 그때나 지금이나 별반 달라진 게 없다. 아니 지금은 행복의

변수들이 너무 많아 오히려 행복을 느끼는 게 쉽지가 않았다. 끊임없이 남과 비교하며 행복의 본질을 잃어가고 있다. 창밖으로 바쁘게 오가는 사람들을 보며 혼자 피식했다. 저승차사가 행복을 생각하다니. 기가 찰 노릇이다. 700년이 넘는 시간 동안 한 번도 사람들의 감정이나 행복에 대해서 생각해보지 않았다. 그냥 죽은 망자들을 기계적으로 저승으로 실어 날랐을 뿐이다. 그전에는 위에서 사람들을 내려다보았다. 하지만 지금은 사람들 속에 같이 앉아 있고 싶고 커피를 마시고 싶고 대화를 듣는 게 좋았다. 이게 다 영매 때문일까. 전에는 알 수 없던 떡볶이의 그 매운맛을 떠올리자 입속이 타는 것 같아 나도 모르게 얼굴을 찡그렸다. 하지만 이 기분이 싫지가 않았다. 전에는 몰랐던 이 지상의 많은 것들이 궁금하고 관심이 갔다.

커피숍을 나오는데 위에서 문규가 두리번두리번하고 있는 게 보였다. 마치 뭘 찾고 있는 것 같은 모습이었다. 뭐지?

"야. 문규."

위를 향해 소리를 질렀다. 문규가 아래를 보더니 쓱 하고 내려왔다.

"뭐 하냐?"

"야, 너 이런 경우 봤냐?"

문규가 흥분한 모습으로 프린트한 명부를 내밀었다.

"이름만 있고 시간과 장소가 없어."

"뭐?"

나도 듣도 보도 못한 것이라 놀라 들여다보았다. 옆에서 문규가 벌건 얼굴로 소리쳤다.

"분명 시간과 장소가 있었거든."

"그래서?"

"오늘 별다른 일도 없는 데다가 화정 차사와 약속이 있어서 빨리 처리하려고 내가 거기 가서 2시간 전에 기다렸었어."

"어딘데?"

얘기를 들으며 팔짱을 끼었다.

"어 산속 외딴곳이더라고."

"그래?"

"그런 데면 그럴 수 있지."

"그치. 외딴 데니까 오면 빨리 처리하고 데이트 가려고 미리 가서 기다렸는데 안 와."

"엥? 안 온다고?"

"응. 죽어야 될 놈이 안 오더라고."

문규가 식식거리며 말을 이었다.

"그래서 이상해서 명부를 꺼내 봤지. 그랬더니 이 꼴인 거야."

문규가 손에 쥔 명부를 흔들었다. 생각할수록 이상하긴 했다. 그래서 재차 물었다.

"시간과 장소가 사라졌다고?"

"으응."

문규가 눈을 커다랗게 뜨며 고개를 끄덕였다.

"거기 장소가 어디야?"

"복두산 외딴곳."

"어? 내가 이틀 전에 간 덴데."

"이틀 전에 거기 갔었어?"

이번에는 문규가 되물었다.

"응."

"그때는 사람이 있었고?"

"있었지. 근데 너는 사람이 안 온다고?"

"응. 시간이 됐는데 안 와. 어떻게 이런 일이 생기지?"

문규의 눈이 부르르 떨렸다.

"야, 한번 같이 가보자."

둘이서 건물을 통과해서 그곳으로 갔다. 며칠 전에 와봤던 서울 근교의 한적한 숲속이었다. 인적이 없고 나무들만 빽빽하게 햇빛을 가린 채 서 있었다. 멀리서 딱따구리가 나무를 쪼는 소리만 간헐적으로 들렸다.

"여기 맞아?"

"응, 여기 맞아."

문규와 둘이서 망자를 찾아 낙엽이 쌓인 풀숲을 헤매었다. 하지만 아무리 찾아도 사람의 그림자라곤 눈에 띄지 않았다. 정말 이상한 일이었다.

"근데 지금 없잖아. 환장하겠네."

문규가 옆에서 투덜거렸다.

"아. 대체 이게 어떻게 된 거야?"

문규가 신음 소리를 내며 손에 쥔 명부를 펼쳐 들었다. 그리곤 버럭 소리쳤다.

"야, 해수야."

"왜?"

"장소와 시간 다시 떴다."

"응? 언제야?"

"5분 뒤."

"가자."

둘이서 명부에 뜬 장소로 허둥지둥 달려갔다. 좀 전 장소에서 꽤 떨어진 철마산 깊은 곳이었다. 낙엽이 푹신하게 쌓여 있는 개울가의 풀숲에 사람이 쓰러져 있었다. 젊은 남자였다. 얼굴에 핏기라고는 하나 없이 파랗게 질린 창백한 얼굴이었다. 그 시신을 보고 문규가 가슴을 쓸어내렸다.

"어휴, 다행이다. 야, 너 이런 경우 있었냐?"

"아니. 나도 이런 건 처음 보는데? 넌?"

"처음이니까 이러지."

문규가 펄쩍 뛰었다.

"아니 도대체 명부에서 시간과 장소가 바뀌는 경우가 말이 되냐?"

문규가 날 돌아보며 설레설레 고개를 저었다.

"없지. 천기니까."

"그치. 근데 이게 바뀌었어."

문규가 쓰러져 있는 남자를 유심히 보며 목소리를 높였다.

"내가 지금 봤으니까 그렇지 안 봤으면 네가 날 놀리려고 그런 줄 알겠다."

내가 시신 쪽으로 고개를 돌리며 말했다.

"그치? 이건 도대체 어떻게 설명해야 되냐고…"

"설명 못 하지. 누가 믿겠냐?"

"난 믿지. 정말 환장하겠네. 안 그래도 지금 시간 늦었는데."

"야, 재촉하지 마. 다 돼 간다."

시간이 되자 쓰러져 있던 시신에서 영혼이 스르륵 일어났다. 문규가 명부를 보며 이름을 세 번 불렀다.

"김민호씨. 김민호씨. 김민호씨."

영혼이 문규 쪽으로 쓰윽 딸려왔다.

"1997년 7월 26일생 김민호씨 맞으십니까?"

"네에."

"김민호씨는 2019년 10월 14일에 심장마비로 운명하셨습니다. 예, 돌아가셨고요. 지금 가시면 바로 저승 가는 전철을 타실 수 있으니까 지금 바로 가시죠."

데이트에 늦은 문규가 마음이 급한지 줄줄줄 읊었다. 방금 죽은 젊은 남자는 어안이 벙벙한 얼굴로 눈을 깜빡거리다가 문규의 옷깃을 붙잡았다.

"저, 잠깐만요."

"가시면서 얘기하시죠."

문규가 영혼을 재촉해서 걸어갔다. 저만큼 가더니 뒤를 돌아보았다.

"야, 넌 안 가냐?"

"응. 먼저 가. 난 좀 이따 일 보러 가야지."

내가 손을 들고 인사했다.

"응. 난 간다."

"그래. 잘 가. 데이트 잘하고."

문규와 영혼은 금세 단풍이 들고 있는 나무들 사이로 사라졌다. 한쪽 무릎을 접고 앉아 풀숲에 쓰러져 있는 시신을 살펴보았다. 며칠 전에 봤던 남자처럼 눈앞의 시신도 반듯하게 눕혀져 있다. 평범한 티셔츠에 청바지 차림이었다. 몸을 살펴보았다. 새파랗게 질린 얼굴에 어디 하나 상처가 없었다. 어라? 머리를 갸웃했다. 아직 젊고 심장마비에 상처 하나 없다. 일어나서 주위를 돌아보았다. 다시 또 머리를 갸웃했다. 주변에 발자국 하나 보이지가 않았다. 죽기 전에 이곳으로 걸어왔으면 발자국이 있어야 하는데 없었다. 다시 시신으로 돌아가서 발을 보았다. 신발도 깨끗했다. 이상했다. 이틀 전에도 시신을 보며 그런 생각을 했는데 눈앞의 시신도 똑같았다. 생각할수록 뭔가가 께름직했다. 일어나서 시신을 내려다보며 손으로 턱을 쓸었다.

일이 끝나서 사무실로 돌아오자 조사팀을 찾아갔다. 문 앞의 금빛 플레이트에 조사팀이라고 검은 글씨로 쓰여 있다. 한쪽이 유리 칸막이로 되어 있는 팀장실의 문을 노크했다. 노크 소리에 책상에 앉아 있던 동방 팀장이 고개를 들었다.

"팀장님. 바쁘세요?"

"응? 해수 차사 오랜만이네. 들어와. 들어와."

삼천갑자를 산 동방 팀장이 만면에 웃음을 띠며 손짓했다. 작은 눈에 활짝 웃으면 인자한 할아버지 같은 인상이었다.

"어떻게 요새 별일 없고?"

"예. 별일은 없는데요. 뭐 좀 궁금한 게 있어 여쭤보려고요."

둘이서 책상 앞의 테이블에 마주 앉았다.

"무슨 일인데?"

"저 혹시 명부가 바뀌는 경우 보신 적 있으세요?"

"뭐 간혹 천기가 일그러지거나 천기가 뒤집혀질 때 그런 일이 있기는 있었지."

동방 팀장이 턱의 수염을 쓸며 말했다.

"요 근래에 혹시 그런 거 보신 적 있으세요?"

"없는데, 왜?"

동방 팀장이 손을 테이블에 내려놓으며 물었다.

"아까 지상에서 친구를 잠깐 만났었는데 명부의 시간과 장소가 바뀌었다고 해서요."

"그래? 그런 경우가 흔치는 않은데."

"이런 경우는 보통 어떤 경우였죠?"

"보통 천기가 어긋나는 경우는 주로 마물이나 악마들이 뭘 할 때 그런 일이 발생을 하지. 그게 언제라고?"

"아 조금 전에 오후 5시경요."

"혹시 망자의 이름은 아나?"

"예. 97년생 김민호라고 합니다."

"원래 장소와 시간은?"

"예, 장소는 남양주시 복두산 인근 숲속이고요. 시간은 4시입니다. 그리고 바뀐 장소는 철마산, 시간은 5시입니다."

"그래? 예전에 악마나 마물들이 날뛰었을 때는 없던 명부가 갑자기 생겨나기도 하고 그런 경우가 있었네. 하지만 이번처럼 명부의 시간과 장소가 바뀌는 경우는 드물긴 하지만 마물들이 설칠 때 있기는 하지."

"아, 네."

"얘기를 들어보니까 어떤 마물의 장난인 거 같은데."

"요즘도 마물이 있나요?"

"글쎄. 좀 보긴 힘들지만 있긴 있겠지?"

동방 팀장은 그런 얘기를 하며 또 턱을 쓸었다.

"요즘은 뭐 워낙 사람들이 많아지고 많이 돌아다니니까 마물들이 줄기는 했지만 있긴 있겠지. 한번 이런 일이 있었는지 조사해 보겠네."

"예, 그럼 한 가지 더."

"뭔가?"

"이번 그 명부의 망자는 이틀 전에 제가 데리러 갔던 망자와 바뀌기 전 장소가 같았습니다. 이번 망자하고 이틀 전에 데려온 망자는 누워 있는 모습도 똑같았습니다."

"어땠는데?"

"반듯이 누워 있었고 얼굴이 핏기 하나 없이 창백했습니다."

"얼굴이 창백했어? 핏기 하나도 없이? 숨이 끊어지기 전에? 숨이 끊어진 뒤에?"

"숨이 끊어지기 전이죠. 숨이 끊어진 후에 창백한 모습은 저희도 많이 본 모습인데 숨이 끊어지기 전에 창백한 모습은 저희도 처음 본 모습이어서…"

"그럼 흡혈귀 짓인가. 목에 상처 같은 거 있지 않았어?"

"아뇨. 없던데요."

"흡혈귀면 목에 상처가 나는데."

동방 팀장이 말했다.

"한번 내가 조사해 볼게. 혹시나 또 그런 일이 발생하면 얘기해 줘."

"네. 알겠습니다."

인사를 하고 조사팀장실을 나왔다. 복도로 나와서 정수기의 물을 연거푸 마셨다. 아마도 꽤 긴장을 하고 있었던 모양이다. 왠지 탁한 우물 속을 들여다보고 있는 듯한 기분이었다.

10월 15일

혜수

오늘은 수요일, 수다날이다. 수요일은 딴 날과 달리 특식이 나오고 다 먹는 날이라서 수다날이라고 한다. 애들과 함께 부리나케 쫓아갔다. 급식실 앞에 벌써 긴 줄이 서 있었다. 냄새를 맡으니 오늘의 특식은 소고기다. 소불고기? 스테이크? 목을 길게 빼는데 혜원이가 킁킁 코를 벌름거리고 있다.

급식판을 놓고 나와 혜원이가 나란히 앉고 다른 애들은 건너편에 앉았다. 혜원이는 자리에 앉자마자 숙주나물이 들어간 소불고기를 신이 나서 퍼먹고 있다. 얼굴이 행복한 표정으로 환하게 빛나고 있다. 건너편에서 채원이가 젓가락을 집어 들며 유리를 쳐다보았다.

"어떻게 그 뒤로 연락은 왔어?"

"그게."

유리가 바닥을 내려다보며 머뭇거렸다. 수줍은 표정으로 발을 배배 꼬며 테이블에 얹은 손가락을 꼼지락거렸다. 그

몸짓에 모두 궁금한 표정으로 유리를 쳐다보았다. 민주가 재촉하듯 유리 쪽으로 몸을 내밀며 물었다.

"그래서 어떻게 됐는데?"

다들 집중해서 유리를 바라보았다. 하지만 혜원이만 혼자서 우물우물 열심히 먹고 있다.

"이번 패밀리어 할로윈 퍼포먼스…"

유리가 작은 소리로 입을 달싹였다.

"나랑 같이하재."

거기서 갑자기 목소리를 높였다.

"정말? 너 그럼 정말 패밀리어 게스트 된 거야? 할로윈 퍼포먼스에?"

채원이가 깜짝 놀란 목소리로 소리쳤다. 민주는 금방이라도 울 것 같은 표정으로 유리의 어깨를 두드렸다.

"너무 잘됐다. 유리야."

"그냥 퍼포먼스 한번 하는 건데…"

유리가 발그레한 얼굴로 수줍은 듯 말했다.

"퍼포먼스 한번이 뭐야? 패밀리어 퍼포먼스에 웬만한 기획사 스카우터들 다 온대. 너 이번에 잘 되면 메이저 기획사 들어갈 수 있어."

채원이가 흥분한 얼굴로 어깨를 들썩였다.

"정말?"

"진짜?"

"진짜야."

채원이와 민주가 신바람이 나서 계속 떠들었다. 거의 둘은 열광의 도가니였다. 유리는 둘의 응원에 수줍은 듯 미소를 띠고 몸을 배배 꼬고 있다. 평소 낯을 가리는 성격 때문에 표현을 잘 못해서 그렇지 무척 좋아하고 있었다. 애들이 떠드는 소리에 먹느라 정신없던 혜원이가 내 옆구리를 쿡 찔렀다.

"유리 잘된 거야?"

"잘된 거지. 저번에 신생 기획사 오디션 떨어졌는데 대형 기획사들이 쫓아다니는 팀과 공연하게 되었으니까 잘된 거지. 잘하면 오디션 없이 대형 기획사 연습생이 될 수 있으니까."

내가 작은 소리로 말했다. 그러면서 혜원이의 식판을 보니 그새 고기는 하나도 남아 있지 않았다. 그럼 네가 그렇지.

"야 축하한다."

혜원이가 건너편의 유리를 향해 손을 내밀었다.

"고마워. 혜원아."

유리가 두 손으로 혜원이의 손을 잡았다. 그러자 혜원이가 유리를 보며 머리를 갸웃했다.

"근데 너 무대 서려면 다이어트 해야 하는 거 아냐?"

빤히 보며 눈을 깜박였다.

"안 그래도 나 여기 샐러드만 먹으려고."

"그래, 그럼 샐러드 내 것까지 먹어."

혜원이가 제 식판의 샐러드를 유리에게 덜어 주었다.

"고마워. 혜원아."

"샐러드만 먹으면 고기나 밥은 안 먹겠네?"

"응. 그렇지."

"그래? 그럼 안 먹는 건 내가 먹을게."

혜원이가 얼른 유리의 고기와 밥을 자기 식판에 옮겨 담았다. 그리곤 가져온 고기와 밥을 신나게 먹기 시작했다. 그런 혜원이를 내가 어이가 없어 쳐다보았다.

"넌 어떻게 그렇게 먹는데 살이 안 찌냐?"

"나 머리 많이 쓰잖아."

혜원이가 자기의 머리를 톡톡 쳤다.

"그래. 많이 쓰지 잔머리."

혜원이에게 대꾸하며 건너편의 아이들을 쳐다보았다. 민주와 채원이가 유리와 함께 깨드득대며 웃고 있다. 그걸 보며 조용히 한숨을 쉬었다. 지난번 노래방에서의 점괘가 떠올라 혼란스러웠다. 애들 못 보게 테이블 밑에서 다시 한번 손을 짚었다. 역시나 똑같은 점괘가 나왔다. 나도 모르게 표정이 굳어졌다.

"혜수야. 무슨 일 있어?"

건너편에서 유리가 물었다. 문득 고개를 들자 채원이와 민주도 함께 빤히 쳐다보고 있었다.

"응. 뭐?"

"아니 얘기도 안 하고 밥도 안 먹길래 무슨 일 있나 해서. 혹시 나 패밀리어 하는 거 안 좋아?"

유리가 불안한 표정으로 눈을 깜박였다.

"아니. 아냐, 아냐, 아냐. 좋아. 우리 밥 먹자."

손을 내저으며 식판을 앞으로 끌어당겼다. 그치? 하며 애들이 다시 웃는 분위기로 돌아갔다. 입맛은 없지만 분위기를 깨지 않으려고 열심히 먹는 척을 했다. 그때 민주가 자기의 식판을 들고 싹 피했다. 왜 그러나 해서 봤더니 그새 유리의 고기와 밥을 다 먹은 혜원이가 민주의 고기를 빼앗아 먹으려고 했다. 민주는 혜원이의 공격을 용케 피하고 혀를 낼름 했다.

"아까비."

혜원이가 아쉬운 듯 말했다. 그리곤 벌떡 일어나더니 식판을 들고 배식 아줌마가 있는 곳으로 달려갔다. 애들과 얘기를 하며 밥을 먹고 있지만 입맛이 없다. 자꾸 머릿속에서 점괘가 맴돌았다. 식은 고기는 간장의 짠맛이 나고 질기기만 했다.

급식실을 나와 벤치로 향했다. 아직 점심시간이 남아 있어 수다나 떨까 해서였다. 민주가 화장실을 간다고 하자 채원이와 유리가 따라나섰다. 좀 전에 화장실에 다녀온 나와 혜원이만 벤치로 향했다. 갑자기 혜원이가 단 게 땡긴다며 매점으로 달려갔다. 혼자 벤치에서 애들을 기다렸다. 등받이에 기대앉아 하늘을 올려다보았다. 오늘따라 잔뜩 흐렸다. 날씨도 찌뿌둥하고 기분도 꿀꿀했다. 그런데 갑자기 뒤에서 누가 부르는 소리가 들렸다.

"혜수 선배님."

"누구?"

돌아보자 웬 여자애가 방긋 웃으며 서 있다. 키가 크고 얼굴이 하얀 애가 검은 양산을 쓰고 웃고 있었다.

"혜수 선배님, 맞죠?"

다시 환하게 웃으며 말을 건넸다.

"강혜수 찾는 거면 내가 맞는데?"

여자애를 의아한 표정으로 훑어보며 말했다. 여자애가 다시 환하게 웃으며 옆에 걸터앉았다.

"저 얼마 전에 전학 온 1학년 백원영이라고 해요. 반가워요. 선배님."

애가 기쁜 표정으로 사근사근하게 말했다. 날 만나서 정말 반가운 모양인지 입이 활짝 벌어져 있다.

"어, 그래. 안녕. 근데 왜? 나한테 뭐 볼일 있어?"

얼떨떨해서 물었다. 그러면서 여자애를 다시 한번 훑어보았다. 상의에 긴 블라우스를 입었는데 안에 팔 토시를 하나 더 입고 있었다. 손목까지 토시가 내려와 있고 손에는 장갑을 끼고 있다. 흰색 장갑이었다. 어라? 스커트 아래로 두꺼운 레깅스가 보였다. 머리에는 레이스가 수놓아진 검은색 양산을 쓰고 있다. 그리고 얼굴은 하얬다.

"선배님. 점 볼 줄 아신다면서요?"

호기심으로 눈을 반짝이고 있다.

"응."

"저 한번 봐주세요."

옆으로 바싹 다가앉으며 말했다. 백원영의 검고 커다란 눈에 빨려드는 듯한 기분을 느꼈다. 순간 몽롱해졌다. 그때 갑자기 오싹하고 섬찟한 기분에 한 걸음 뒤로 물러나 앉았다. 그 덕분에 몽롱해지던 정신이 돌아왔다. 백원영이 아기 같은 표정으로 다시 부탁했다.

"저도 한번 봐주세요, 선배님."

"봐주다니 뭘?"

"점요."

순진한 표정으로 눈을 깜빡였다. 아기 같은 그 표정이 귀여워서 머리를 끄덕였다.

"그래. 봐줄게. 생일이 언제야?"

점 봐준다는 말에 다시 신이 났는지 백원영이 박수를 쳤다.

"2003년 5월 15일요."

"시간은?"

"새벽 2시에서 4시 사이래요."

"그래, 보자."

손가락으로 백원영의 생일날을 짚었다. 그런데 점괘가 이상했다. 다시 해봐도 좀 전의 점괘였다. 서늘한 기운이 등줄기를 타고 흘러내렸다. 표정을 봤는지 백원영이 물었다.

"선배님. 왜요? 뭐가 안 좋아요?"

그 소리에 얼른 표정을 바꾸며 머리칼을 쓸어올렸다.

"아니. 아니. 오늘 내가 컨디션이 안 좋아서 이게 잘 안 되네."

장난기 섞인 웃음을 지어 보이며 손가락을 짚어 보였다. 그때 입에 아이스크림을 물고 초콜릿 포장을 뜯으며 혜원이가 다가왔다. 그리곤 원영을 보며 누구냐는 듯 눈으로 물었다.

"어. 얘, 이번에 전학왔대. 1학년 백원영."

내 소개에 혜원이가 바라보자 원영이가 벤치에서 벌떡 일어섰다.

"안녕하세요. 선배님. 얼마 전에 전학 온 1학년 백원영이라고 해요."

그러면서 90도 폴더 인사를 했다. 혜원이는 입에 아이스크림을 물고 손으로는 초콜릿 포장을 뜯던 그 자세로 고개만 까딱했다.

"초콜릿 먹을래?"

"아뇨. 괜찮아요. 선배님."

백원영이 배시시 웃었다.

"넌?"

내게 초콜릿을 내밀었다. 커다란 판 초콜릿이었다. 혜원이가 내민 초콜릿을 뜯으려고 손으로 잡았다.

"한 칸만."

그 소리에 콧방귀를 뀌며 초콜릿을 왕창 뜯었다.

"야."

혜원이가 소리쳤다.

"므어?"

초콜릿을 입에 가득 물고 웅얼거리며 대답했다.

"절로 가봐."

혜원이가 나와 백원영을 밀치고 사이로 끼어들었다. 그리곤 나한테 질세라 초콜릿을 크게 한 입 베어 물었다.

"얘는 왜?"

혜원이가 아이스크림을 문 그대로 백원영을 가리켰다.

"아, 저 혜수 선배님께 점 보러 왔어요. 선배님이 잘 보신다고 해서."

혜원이가 이번에는 백원영을 보며 나를 가리켰다.

"얘?"

"예. 혜수 선배님."

"응. 하긴 뭐."

혜원이가 고개를 끄덕이며 아이스크림을 핥았다.

"근데 너 학교에서 양산 써도 돼?"

혜원이가 턱짓으로 백원영의 양산을 가리켰다.

"아, 저 햇빛 알러지가 있어서 쓰는 거예요. 선생님께도 말씀드려서 허락받았어요."

백원영이 또 배시시 웃었다.

"그래서 장갑 끼고 레깅스도 신는 거야? 알러지 때문에?"

혜원이가 손가락으로 백원영의 손과 다리를 가리켰다. 그 새 먹고 있던 아이스크림을 다 먹었다.

"네."

"답답하겠다."

혜원이가 고개를 살레살레 저었다.

"딴 애들은?"

"아직."

그 물음에 화장실 쪽을 보며 대답했다. 그때 건물을 나오는 애들이 보였다. 이쪽을 보고 손을 흔들었다.

"그럼 전 가볼게요."

백원영이 자리에서 일어섰다.

"왜? 좀 더 있다 가지."

혜원의 말에 백원영이 웃으면서 고개를 저었다.

"아니에요. 선배님들 방해되잖아요. 가볼게요."

공손하게 인사를 했다.

"그래. 또 봐."

"예, 선배님. 혜수 선배님도 또 봬요."

역시 공손하게 다시 인사했다.

"응. 그래."

내가 대답했다. 백원영이 몸을 돌려 사뿐사뿐 멀어졌다. 흐린 하늘 아래로 검은 양산이 하늘하늘 흔들렸다. 그런데 왠지 그 분위기가 음울했다.

"예쁜데."

백원영의 뒷모습을 보며 혜원이가 말을 툭 던졌다.

"그러네."

시큰둥한 반응에 혜원이가 돌아보았다.

"왜? 뭐 이상해?"

“그게…”

말하려다가 잠깐 멈추었다. 손가락으로 다시 한번 백원영의 생년월일을 짚어보았다. 역시 같은 점괘가 나왔다. 훅하고 숨을 들이마셨다.

“뭐야? 뭐가 이상해?”

이상한 낌새를 눈치챘는지 혜원이가 다가앉으며 낮은 소리로 물었다.

“쟤 사주.”

“쟤 사주가 뭐?”

혜원이가 눈을 굴리며 쳐다보았다. 잠깐 망설이다가 한숨을 푹 쉬고는 말했다.

“죽은 사람 사주야. 나 요새 왜 이러냐. 유리도 죽는다고 나오고, 쟤도 죽은 사람이라고 나오고.”

“너 감 떨어진 거 아냐?”

“그런가 봐. 신장이 저승사자라 다 죽는다고 나오나. 할머니에게 굿이라도 해달라고 할까 봐.”

찌푸린 하늘을 올려다보며 고개를 절레절레 흔들었다. 혜원이가 어깨를 툭툭 두드렸다.

“그러게. 너 어제 숙제도 못 맞춰서 걸려서 혼났잖아.”

“그러게 말야.”

고개를 푹 떨구었다. 혜원이가 어깨를 툭툭 두드렸다.

"괜찮아. 괜찮아. 그럴 수도 있지 뭐. 점쟁이 저 죽을 날 모른다잖아."

"…"

위로랍시고 하는 말인데 웃어야 할지 울어야 할지 모르겠다. 하늘은 잔뜩 흐려져 있어 금세 비라도 쏟아질 기세였다. 축축한 바람이 얼굴을 건드리고 지나갔다.

10월 16일

해수

조사실을 나섰다. 이승으로 가는 전철을 타고 손잡이를 붙잡고 서서 생각에 잠겼다. 동방 팀장 말에 의하면 이승에서 마물이 사람을 죽이는 일은 간혹 일어난다고 한다. 저승사자 입장에서는 사람이 마물에 의해 죽거나 짐승에 물려 죽거나 비슷한 일이다. 전철이 철커덩철커덩 소리를 내며 다리를 지나갔다. 창 너머로 검푸른 물살이 일렁이고 있다. 철썩철썩 둔치를 때리며 강물이 유유히 흘러갔다.

때문에 천기를 무너뜨리는 일이 아니면 마물이 사람을 해치는 것에 대해 저승사자는 개입하지 않는다. 나도 그동안 몇 번 마물에게 희생당한 사람을 인도한 적이 있다. 하지만 그때는 명부가 바뀌거나 하지는 않았다. 이번에 문규랑 같이 본 건에 대해서는 명부가 바뀌긴 했지만, 망자가 예정된 날짜에 숨을 거뒀고, 그로 인해 천기에 미친 영향도 미미해서 특이한 경우로 기록만 하고 별다른 조치는 취하지 않기로 했다고 한다. 대신 모든 차사들에게 이번 일을 공유하고, 유사한 일이 발생할 시에는 바로 보고하라는 지시가 내려왔다. 지난번 내가 인도한 건과 문규가 겪은 일의 연관관계를 알아보고 싶었지만, 일단 경과만 주시하라는 지시에 따라 더 이상 조사는 하지 않기로 했다.

그런 생각에 잠겨 있는 동안 전철이 이승에 도착했다. 전철에서 내려 계단을 내려왔다. 사람들이 바쁘게 거리를 스쳐 지나갔다. 눈앞으로 가방을 멘 젊은 남자가 뛰듯이 걸어갔다. 한 손에는 스마트폰을 들고 귀에는 이어폰을 꽂고 손목의 시계를 정신없이 들여다본다. 저 남자는 한 번이라도 자신의 죽음을 생각해본 적이 있을까? 아마도 없을 것이다. 이승에 있는 사람들에게 죽음은 언제나 당장이 아니라 나중의 일이다. 하지만 나는 지금 여기 존재한다. 나는 **언제든 누구든** 데리러 갈 수가 있다. 나는 항상 당신들의 옆에 있다. 손톱 끝, 머리카락 옆을 스쳐 가는 바람처럼 있다.

전철역 앞에 서서 정신없이 흘러가는 사람들과 차량의 무리를 보며 그런 생각을 하다가 돌아섰다. 머리가 복잡한 게 커피 생각이 났다. 폰을 꺼내 여자아이가 있는 곳을 찾아봤다. 목요일인데 학교가 아닌 할머니 집에 있었다. 잘됐다. 가서 커피나 한잔하자. 서둘러 여자아이가 있는 곳으로 향했다.

집에 들어서자 거실에서 여자아이가 아기동자에게 부적을 붙이고 있었다.

"이건 어때? 무슨 느낌이 와?"

동자에게 붙은 부적을 보니 영을 묶어두는 주박 부적이었다. 이마에 부적을 붙인 아기동자가 설레설레 고개를 저었다.

"아뇨. 아무 느낌도 없는데요."

동자가 눈을 둥그렇게 뜨고 있다.

"뭐 하냐?"

"오셨어요?"

여자아이는 쳐다보는 둥 마는 둥 건성으로 인사했다. 거실에 부적을 잔뜩 늘어놓고 동자에게 하나씩 붙여보고 있다.

"이건 어때?"

"차사님. 오셨습니까?"

동자가 내게 공손히 인사를 했다.

"개똥이 넌 순녀 일 안 보고 여기서 뭐 해?"

"아니, 저 도와달라고 해서요."

"그래. 근데 이건 다 뭐야?"

여자아이가 거실 바닥에 늘어놓은 부적을 보며 물었다. 여자아이가 시큰둥한 표정을 지으며 대답했다.

"보면 아시잖아요. 부적이잖아요. 부적."

종이에는 각기 다른 색으로 주박 주문이 그려져 있다. 그걸 가리키며 내가 말했다.

"부적이면 기운이 담겨 있어야지. 그냥 종이에 그림만 그린다고 부적이 되냐?"

끌끌 혀를 찼다.

"아무 기운도 없다고요? 전부 다?"

여자아이가 눈을 크게 뜨고 소리쳤다.

"그래. 전부. 저거 하나 빼고."

하며 한쪽 구석에 있는 부적을 가리켰다.

"이거요?"

여자아이가 그 부적을 집어 들며 신이 나 소리쳤다.

"응. 그거."

내 말에 여자아이가 부적을 재빨리 집어 들더니 아기동자의 머리에 척 붙였다.

"이건 어때?"

부적을 붙이자 아기동자가 부르르 떨더니 허공을 바라보며 굳어져 버렸다. 그걸 보며 여자아이가 소리쳤다.

"이건 효과 있어? 꼼짝 못 하겠어?"

"어… 이건…"

아기동자가 힘겹게 입을 뗐다.

"응. 이거. 효과 있어? 꼼짝 못 하겠어?"

그 소리에 아기동자는 다시 몸을 부르르 떨더니 힘겹게 입을 열었다.

"효…과…있…어…꼼…짝…을… 못 할 리 있겠냐?"

아기동자는 머리에 부적을 붙인 채 기지개를 켜며 하품을 했다.

"뭐야? 효과가 없는 거야?"

"있을 리가 없지. 부적이란 모름지기 주사로 정성을 들여 써야 효과가 있는 거지. 아무 정성도 없이 컴퓨터로 대충 그려서 프린터로 찍찍 뽑아낸 게 효과가 있겠냐?"

아기동자가 공중으로 둥둥 떠오른 채 담배를 입에 물었다. 후하고 연기를 뱉었다.

"부적은 자고로 정성이 중요한 거야. 정성이. 그죠? 차사님."

아기동자가 동의를 구하듯 나를 바라보았다.

"부적은 정성이지. 대충 한다고 되는 거 아냐."

내가 고개를 끄덕이자 여자아이가 입이 툭 튀어나온 채 말했다.

"아니. 주사로 쓴거나 프린터로 뽑은 거나 색깔은 똑같잖아요. 컴퓨터로 내가 얼마나 정성 들여 그렸는데. 게다가 프린트도 얼마나 정성 들여 한 장 한 장 뽑았는데."

"너 할머니 부적 스캔 뜬 거 다 봤거든. 프린트도 용지 잔뜩 집어넣고 게임하고 있었으면서."

아기동자가 연기를 뿜으며 허공에 담뱃재를 털었다. 그 소리에 여자아이가 발끈해서 말했다.

"아 그럼 손으로 언제 부적 100장을 다 그리냐고."

여자아이가 얼굴을 찡그리며 투덜거렸다. 내가 물었다.

"부적 100장은 왜?"

"어떤 회사가 공장을 지었는데 터가 안 좋아서 문제가 많다고 이번 주말에 할머니한테 굿을 해달라고 했는데 부적 100장이 필요하다잖아요. 100장 그리면 20만 원 준다는데 그거 그리려면 오늘 하루 종일 그려야 하는데."

여자아이의 입이 부루퉁하게 나왔다.

"방법이 하나 있기는 한데."

"방법요? 어떻게요?"

생글생글 웃으며 여자아이가 애교를 떨었다.

"맨입으로?"

그 소리에 여자아이가 손가락으로 주방을 가리켰다.

"XXX 콜드브루 사뒀어요. 냉장고에. 100장 끝내면 무나카페 블루마운틴 마시러 가요. 핸드 드립으로요."

여자아이가 바싹 붙어 살랑살랑 애교를 부렸다. 생글거리는 얼굴이 귀여웠다.

"프린트는 다 했냐?"

"마저 뽑아 올게요."

여자아이가 방으로 휙 뛰어들어갔다. 안에서 프린트를 하는지 소리가 들렸다. 그 틈에 아기동자를 쳐다보았다.

"별일은 없어?"

"옛. 이상 없습니다."

아기동자가 얼른 담배를 끄고는 다리를 척 붙이고 대답했다.

"하는 일은?"

"저희 하는 일은 다 똑같죠, 뭐."

"뭐 이상한 일은 없고?"

"왜 그러세요?"

"요새 마물이 돌아다니는 것 같아서."

"예? 마물요? 어떤 거요?"

"흡혈귀 거 같은데. 정확한 건 모르겠고 뭐 심각한 건 아니니까 혹시나 무슨 일 있으면 연락해."

"옛. 알겠습니다."

아기동자가 씩씩하게 대답하더니 그 즉시 기저귀 옆에 찬 폰을 꺼내 들었다. 그리곤 바로 어딘가로 전화를 걸었다.

"야 요새 흡혈귀 돌아다니니까 뭐 이상한 거 있으면 바로 연락해. 어어. 차사님 와 계셔. 어어, 그래그래."

아기동자는 밑의 신장들과 통화를 하고 나서 폰을 기저귀 옆에 찼다. 그리곤 잘 전달했습니다 하는 얼굴로 쓱 쳐다보았다. 그사이 여자아이가 부적 100장을 뽑아서 돌아왔다.

"여기요."

바닥에 내려놓았다.

"그것만 뽑아 오냐?"

"예?"

"커피는?"

"아, 맞아. 커피. 어떻게 원액으로요? 아메리카노로요?"

"아메리카노."

여자아이가 얼른 주방으로 가며 다시 뒤를 돌아보았다.

"혹시 라떼는 안 드세요?"

"아메리카노."

그 소리에 여자아이가 부루퉁한 표정으로 돌아보며 뭐라고 혼자 중얼거렸다. 그리곤 부스럭거리며 커피를 내렸다.

"설탕은요?"

"안 넣어."

여자아이가 커피를 한 잔 뽑아서 앞에 대령했다.

"뽑아 왔어요."

"일단 한 모금."

그 소리에 여자아이가 커피를 한 모금 마셨다. 나도 눈을 감고 목으로 넘어가는 커피의 맛을 즐겼다. 여자아이가 커피잔을 내려놓으며 물었다.

"저 또 마셔요?"

"일단 프린트한 거 뒤집어."

여자아이가 바닥에 엎드려 부적을 모두 뒤집었다.

"야 주사 어딨냐?"

"주사. 가져올게요."

여자아이가 방으로 달려가 주사를 들고 뛰어왔다.

"부적에 주사를 쓰는 이유는 주사가 영기를 머금기 때문이다. 그래서 반드시 부적에는 주사가 들어가야 한다."

여자아이가 내 말을 들으며 입을 부루퉁하게 내밀었다.

"다시 그리라고요?"

한숨을 푹푹 내쉬었다.

"아니. 부적에는 주사가 들어가야 된다는 거지. 주사로 그리라는 건 아냐."

"예?"

"야, 거기 붓 들어봐."

내가 거실 바닥에 있는 붓을 손으로 가리켰다. 여자아이가 그걸 들고 눈을 깜박였다.

"주사 묻히고."

여자아이가 붓에 주사를 묻히고 쳐다보았다.

"뒷면에 X자 그려."

그 말에 여자아이가 부적의 뒤에 X자를 그리고 바라보았다.

"끝이에요?"

"자 다음 장."

"계속 이것만 하면 돼요?"

"응. 100장 다."

여자아이의 표정이 풀어지더니 신이 난 얼굴로 부적 100장의 뒷면에 X자를 했다. 주사가 마르도록 100장을 바닥에 죽 늘어놓았다.

"다 했어요."

"응. 커피 한 모금."

그 소리에 여자아이가 커피잔을 들고 한 모금을 마셨다. 그리곤 커피잔을 내려놓으며 쳐다보았다.

"뭐 다른 거 안 해요?"

"말라야 하지. 기다리는 동안 커피나 하자고."

여자아이가 다시 커피잔을 들고 커피를 마셨다. 둘이서 그러고 있는데 아기동자가 옆으로 슬쩍 다가왔다.

"저 차사님. 그럼 저는 그만…"

아기동자가 몸을 돌리고 살금살금 거실을 벗어나려고 했다.

"어디 가?"

"예?"

"일해야지."

"저는 왜?"

아기동자가 눈을 끔뻑였다.

"왜는? 기운 불어넣어야지."

"아니 제가."

"아, 빨리 해."

재촉하자 아기동자가 눈치를 보며 구시렁거리더니 부적 한 장 한 장에 영기를 불어넣기 시작했다. 한참 만에 부적 100장이 영기를 머금었다. 아기동자가 휴 하고 담배 생각이 나는지 기저귀 옆을 더듬었다. 나와 눈이 마주치자 얼른 손을 내렸다.

"다 했는데요."

"응. 수고했어."

"그럼 전 이만."

"아니. 가긴 어딜 가. 잠깐만."

"예?"

"뭐야. 시험해 봐야지."

아기동자를 붙잡고 방금 영기를 불어넣은 부적 한 장을 들어 머리에 척 붙였다. 그 즉시 아기동자가 꼼짝을 못하고 굳어졌다.

"어, 효과 있어?"

여자아이가 아기동자의 옆으로 가서 옆구리를 콕 찔렀다. 꿈쩍을 안 했다. 그러자 신이 났는지 손으로 아기동자의 얼굴 앞과 옆을 손을 휘저으면서 말했다.

"야. 야. 야."

아무리 해도 아기동자는 움직이지 못했다. 여자아이가 머리에 붙은 부적을 슬쩍 떼었다. 그 즉시 아기동자가 푸르르 몸을 떨었다. 그러자 여자아이가 재빨리 부적을 다시 척 붙였다. 아기동자는 금세 굳어졌다. 그걸 보고 여자아이가 소리쳤다.

"와 대박. 이거 효과 있네."

"내가 저승사자라고 투덜거리기만 했지."

"아니에요. 차사님 짱."

여자아이가 생글생글 웃으며 눈앞에 엄지를 척 들었다.

"그래. 너 이번에 알바비 20만 원 받는다면서. 가자."

"어딜요?"

"블루마운틴 마시러 간다며?"

"그런 거 먹지도 않으면서."

돌아서서 작은 소리로 구시렁거렸다.

"야, 다 들리거든."

"예. 가요. 이것만 치워놓고요."

여자아이가 바닥에 흩어진 부적을 주섬주섬 모아 정리를 했다. 그 틈에 부적을 떼어주자 아기동자는 재빨리 사라졌다. 손이 기저귀 옆의 담뱃갑을 더듬는 게 지금 담배 한 모금이 간절한 모양이었다.

10월 17일

혜수

아침에 일어나자마자 어제 그려둔 부적부터 찾았다. 바깥에서 소리가 들렸다. 할머니가 주방에 있는 모양이었다. 지난달 그 일이 있고 나서부터 할머니의 집에 산다. 우리 집에 있으면 엄마와 아빠가 다칠 수 있다는 할머니의 말에 군소리 없이 따랐다. 나 때문에 부모님에게 무슨 일이 생기는 건 참을 수 없다. 교복으로 갈아입고 문을 열고 나왔다. 이 집에서 할머니는 30년째 살고 있다. 산자락 밑의 조용한 동네인 이곳에서 할머니는 엄마를 결혼시키고 할아버지를 떠나보냈다. 5년 전 할아버지가 돌아가셨을 때 엄마는 이 집을 팔고 다른 곳으로 이사하라고 했지만 할머니는 고개를 저었다. 우리 집에서 할머니의 고집을 꺾을 수 있는 사람은 아무도 없다.

"할머니."

식탁에서 사과를 깎고 있던 할머니가 고개를 들었다. 손에 들고 있던 부적을 식탁 위에 내려놓았다. 프린트한 부적 뒤에 X자 표시를 한 걸 보며 할머니가 미심쩍은 표정을 지었다.

"부적을 이렇게 써서 무슨 효과가 있어? 이거 큰일에 쓸 건데 부적을 주사로 직접 붓으로 그려야지."

할머니가 끌끌 혀를 찼다.

"그거 차사님이 알려주신 거예요."

눈을 깜빡거렸다.

"직접 해봤는데 효과 있어요."

그 말에도 여전히 할머니는 미심쩍은 표정을 풀지 않았다. 과도를 움직여 사과를 먹기 좋은 크기로 썰어놓을 뿐이었다.

"직접 보여드릴게요."

안 되겠다 싶어 얼른 아기동자를 호출했다. 아기동자는 나타나면서 입을 실룩거렸다.

"아, 왜?"

"부적 효과 좀 직접 보여드리려구."

"야 어제도 했었잖아."

아기동자가 할머니를 힐끔 보며 귀찮다는 모습으로 대꾸했다.

"아니 할머니가 안 믿으시잖아."

"야. 그건 네가 알아서 해야지."

기저귀를 찬 모습으로 종알거렸다.

“너 차사님한테 이른다.”

그 소리에 아기동자가 입을 툭 내밀었다.

“빽하면 차사님이래. 해봐, 해봐, 해봐.”

부적을 아기동자의 머리에 척 붙였다. 그러자 그 즉시 아기동자의 몸이 굳어졌다. 할머니가 그걸 보고 어라? 하는 표정을 지었다.

“이런 식으로 되면 괜찮은데.”

할머니가 그제야 고개를 끄덕였다.

“할머니. 잘했죠? 돈 주세요.”

아기동자에게 붙인 부적을 떼어내고 손을 쓱 내밀었다. 그러자 할머니가 식탁에 놓인 부적 100장을 일일이 손으로 세기 시작했다. 혹시나 모자라서 일을 그르치면 안 된다는 생각 때문인 것 같았다. 그걸 보며 내가 말했다.

“10장 더 만들었어요. 저 잘했죠?”

어깨를 들썩이며 잘난 척을 했다. 할머니가 그러네 하는 얼굴로 고개를 끄덕였다.

“그래. 잘했다.”

“저 알바비요.”

“계좌번호 불러라.”

번호를 알려주자 할머니가 식탁 위에 둔 폰을 집어들었다.

잠시 후 주머니 속의 내 폰이 진동을 했다. 얼른 꺼내 보고는 소리쳤다.

"만세."

신나서 폴짝폴짝 뛰는데 할머니가 말했다.

"근데 너 학교 안 늦었냐?"

"아, 맞다. 다녀오겠습니다."

얼른 문을 박차고 밖으로 뛰어나갔다. 길로 나오자 신나게 팔을 흔들며 달렸다. 햇빛도 따스하고 공기도 상쾌하다. 오늘 운수는 점을 치지 않아도 대길이다. 뛰어가면서 폰으로 버스 시간표를 봤다. 조금 간당간당하지만 빨리 뛰면 따라잡을 수 있을 것 같았다. 전력 질주를 해서 막 도착한 버스에 올라탔다. 자리에 앉아 어깨를 들썩이며 숨을 골랐다. 그래도 안 놓치고 운 좋게 탔다.

기분 좋은 마음으로 창밖을 내다봤다. 맑은 가을날 아침이었다. 하늘은 문질러 닦은 듯 파랗고 구름 한 점 없었다. 거리의 사람들은 활기찬 표정들이었다. 창문에 쏟아지는 햇빛도 맑고 따뜻했다. 버스 뒤쪽에서 애들이 즐거운 듯 키득거리며 웃는 소리가 들렸다. 버스가 신호를 잘 받아서 조금 일찍 도착했다. 정류장 앞의 편의점으로 들어가 샌드위치와 우유를 샀다. 봉지를 북 뜯어 샌드위치를 씹으며 학교로 걸어갔다. 갑자기 뒤에서 누가 툭 쳤다.

"밥 안 먹었냐?"

혜원이었다.

"어제 늦게까지 알바하느라 늦어서."

입에 문 샌드위치를 꿀떡 삼키고 우유를 들이켰다.

"넌 웬일이냐. 평소보다 늦었네."

"어제 운동하고 피곤해서 늦잠 잤어."

혜원이가 늘어지게 하품을 했다.

"운동? 무슨 운동?"

혜원을 돌아보는데 갑자기 눈앞으로 주먹이 휙 지나갔다.

"깜짝이야."

놀라서 얼른 한 발 물러서는데 얼굴로 하이킥이 날아왔다. 놀라 눈을 질끈 감았다. 아무 일도 없자 살며시 눈을 떴다. 그런데 혜원이의 발이 눈앞에 있었다.

"뭐야? 놀랐잖아."

혜원이가 씩 웃으면서 휙휙 펀치를 날렸다. 그리곤 풀쩍 뛰어오르며 점프 킥을 했다.

"뭐야? 격투기?"

혜원이는 고개만 끄덕이면서 계속 펀치를 날렸다.

"넌 필라테스에 요가에 PT, 수영, 탁구, 배드민턴까지 하더니 이번엔 격투기냐?"

"응."

혜원이가 히죽 웃었다. 그러면서 계속 펀치를 날렸다. 마치 스파링이라도 하듯 가볍게 뛰면서 계속 훽훽 펀치를 날렸다.

“그러면서 넌 공부는 언제 하냐?”

“나 머리 좋잖아. 대충 해도 딴 애들보다 잘해.”

혜원이가 마치 앞에 사람이라도 있는 듯 머리를 잡고 다리를 찍는 것처럼 뛰어오르며 플라잉 니킥을 했다.

“멋있지?”

돌아보며 씩 웃었다. 그러면서 계속 훽훽 펀치를 날렸다. 그 모습에 멀찍이 떨어져서 말했다.

“갑자기 무슨 바람이야?”

“저번 일 때문에.”

“저번 일?”

“응. 저번 일.”

혜원이가 제 손으로 목을 조르며 말했다. 그 말에 지난번 악령과 싸웠던 일이 떠올랐다. 악령에 빙의된 사람에게 목이 졸렸을 때 혜원이는 나를 구하려고 달려들었다가 다쳤었다. 게다가 혜원이는 악령에게 인질로 잡히기도 했었다.

“갑자기 그런 일 당하니까 어떻게 상대해야 될지 모르겠더라.”

혜원이가 내 표정을 보며 말했다.

“그래서 바로 등록했어. 이종격투기.”

"그것 때문에?"
"응. 담에 그런 놈 만나면 바로 박살 내려고."
다시 휙휙 허공에 손을 날리며 말했다.
"거기 사람 많아?"
"응. 많아."
"여자도?"
"나도 없을 줄 알았는데 생각보다 많더라. 살 빼는 데 좋다고 많이들 한대."
"그래?"
"왜? 너도 배우게?"
혜원이가 펀치를 멈추고 날 쳐다보았다.
"상대가 악령이면 격투기 배운다고 효과가 있을까?"
"때리진 못해도 피하는 건 되겠지."
혜원이가 펀치를 휙휙 날리며 대답했다.
"그러네. 그럼 얼마 해?"
"내가 다니는 데 관장님이 되게 멋있어. 학교에서도 가깝고 샤워 시설도 잘돼 있어."
혜원이가 신이 나서 떠들었다.
"1년 등록하면 50프로 할인해준대. 그리고 운동복도 줘. 야, 학교 끝나고 바로 가볼래?"
혜원이가 웃으며 내 팔을 잡았다. 눈을 가늘게 뜨고 혜원이를 보았다. 뭔가 수상한 게 느껴졌다. 얘가 평소에 뭘 적극적으로 권하는 성격이 아니었다.

"불어."

"뭘?"

"사람 데려가면 소개비 주고 하는 데 아냐?"

그 순간 혜원이가 찔끔하는 표정이 되었다.

"맞지? 소개비 주는 데 맞지?"

"칫. 눈치는 빨라 가지고. 칠 대 삼. 나 칠, 너 삼."

"오 대 오, 아님 안 해."

"콜."

혜원이가 악수를 하다가 갑자기 부르짖었다.

"야! 학교 늦었다. 뛰어."

둘이서 정신없이 교문을 향해 달렸다.

점심을 먹고 나서 애들은 후식 거리를 산다고 매점으로 갔다. 혼자 벤치에 앉아서 애들을 기다렸다. 바람이 살랑살랑 기분 좋게 불어와 벤치에 등을 기대고 눈을 감았다. 그때 뒤에서 부스럭하는 소리가 들렸다.

"안녕하세요. 선배님."

돌아보자 백원영이 검은 양산을 쓰고 생글생글 웃고 서 있다.

"어 안녕. 오늘은 무슨 일?"

"선배님 저번에 점 봐주신다고 했다가 컨디션 안 좋다고 안 봐주셨잖아요. 오늘 봐주세요."

그러면서 백원영이 쪼르르 벤치 옆으로 다가와서 앉았다. 머릿속에 이틀 전의 일이 생각났다. 그때 점괘가 떠올라서 기분이 찝찝해졌다.

"그래. 알았어."

그 소리에 백원영이 생글생글 웃으며 쳐다보았다. 커다란 검은 눈동자에 오똑한 콧날과 흰 얼굴이 귀여웠다. 백원영이 반짝반짝 눈을 빛내며 다가앉았다. 눈이 마주치자 까맣고 커다란 검은 눈동자에 순간 확 빨려드는 기분이었다. 그러자 머릿속이 뿌예지며 몽롱해졌다. 순간 차갑고 섬뜩한 기운이 등줄기로 흘렀다. 그 느낌에 놀라 벌떡 일어나 벤치에서 한 발 물러나 머리를 흔들었다. 잠시 후 정신이 들었다. 그 모습을 백원영이 걱정스러운 표정으로 바라보고 있다.

"선배님. 왜 그러세요? 무슨 일 있으세요?"

"아냐. 아냐. 그냥."

머리를 젓는데 뭔가 이상했다. 두 번이나 백원영을 보며 정신이 몽롱해진 걸 보면 얘가 뭐가 있는 것 같았다. 하지만 천진난만한 표정으로 걱정스럽게 보고 있는 백원영을 보자 아무 말도 할 수가 없었다. 속으로 경계하며 다시 벤치에 앉았다. 백원영이 다시 옆으로 다가앉았다.

"저 점 봐주세요."

"그래."

지난번 백원영이 알려준 사주를 손가락으로 짚었다. 하지만 역시나 똑같이 죽은 사람의 사주였다. 다시 한번 짚어봐도 죽은 사람의 사주였다. 어떤 표정을 지어야 할지 알 수가 없었다. 백원영이 뭔가를 눈치챈 듯 물었다.

"무슨 문제 있어요?"

"응. 이게 좀."

"저 결혼 못 한대요? 남친 안 생긴대요?"

백원영이 울상을 지었다. 커다란 눈에 눈물을 글썽글썽하며 목소리를 떨었다. 당황해서 어떻게 말을 해야 할지 모르겠다.

"아니 그런 게 아니라."

"그럼 뭐예요?"

울먹울먹하며 바라보았다.

"너 이 사주 정말 네 사주 맞아?"

"왜요? 선배님."

"그게."

말할까 말까 잠깐 망설였다. 계속 죽은 사람의 사주로 나오는 게 이상했다. 차라리 솔직하게 말하는 게 나을 것 같았다. 결심을 하고 입을 떼었다.

"저번에도 그렇고 오늘 다시 봐도 그렇고 네가 알려준 사주가 죽은 사람 사주라고 나오거든. 그래서 그래."

"선배님. 그럼 제가 죽은 사람이라는 거예요?"

백원영이 토라져서 입을 비쭉하게 내민 채 말했다.

"그렇지? 그런 거 아니지?"

"선배님. 실망이에요."

백원영이 벌떡 일어나더니 벤치를 떠났다. 그리곤 검은 양산을 쓰고 한들한들 멀어졌다. 그 뒷모습을 보며 내가 고개를 저었다.

"그래. 나 왜 이러냐. 요새."

애들이 우르르 벤치로 몰려왔다. 그리곤 내가 보는 쪽을 모두 쳐다보았다.

"쟤 누구야?"

유리가 멀어져가는 백원영의 뒷모습을 보며 물었다.

"어. 1학년 전학생."

"근데 왜?"

유리가 살짝 질투하는 표정을 하며 말했다.

"아, 점 봐달라고."

"아아. 난 또 뭐라고."

샐쭉한 표정을 하며 고개를 돌렸다. 유리의 얼굴을 쳐다보며 내가 물었다.

"너 연습은 잘돼 가냐?"

"응."

유리가 파리한 얼굴로 고개를 끄덕였다. 그새 얼굴이 핼쑥해지고 창백해져 있었다.

"야, 너 연습 무리하는 거 아냐?"

"아냐. 다이어트해서 그래. 월말까지 나 살 빼야 하는데 어떡해."

유리가 울상을 지었다. 그러자 옆에 있던 혜원이가 유리를 가리켰다.

"얘 매점에 가서 아무것도 안 사왔잖아. 물만 샀어, 물만."

"야 유리 너 진짜."

유리가 걱정되어 돌아보았다.

"나 지난번 오디션 떨어지고 얼마나 힘들었는데. 나 이번엔 정말 제대로 할 거야. 정말 잘해서 나 이번에 메이저 기획사 들어갈 거야."

"그래. 열심히 해라. 근데 괜찮겠냐? 중간에 안 쓰러지겠어?"

"괜찮아. 할 수 있어."

유리가 입을 앙다물면서 주먹을 쥐었다. 그러자 채원이가 빵을 오물거리면서 은근슬쩍 물었다.

"근데 거기 남자는 없어?"

"없어. 다 언니들이야. 아, 한 명 있다."

"누구?"

"리더님."

"봤어?"

"못 봤지. 아직."

유리가 물을 한 모금 마시며 고개를 흔들었다. 애들끼리 남자 얘기를 하고 있는데 혜원이가 옆으로 와서 툭 쳤다.

"저번에 걔?"

"응."

"뭐라고 나왔는데?"

"얘기했잖아. 죽은 사람이라고."

"오늘 봐도?"

"그럼 똑같지. 똑같은 사람 사준데."

"그래서 얘기해줬어?"

"얘기해줬지."

"뭐래?"

"실망이래."

내가 휴 하고 한숨을 쉬었다. 그러자 혜원이가 당연하다는 듯 고개를 끄덕였다.

"그럴 만도 하겠다, 야."

"그지? 나 왜 이러냐. 죽겠다."

"뭐 알바는?"

"아. 그건 잘됐지."

"그럼 실력이 없는 것도 아닌데."

"그러게 말이다. 미치겠다."

파란 하늘을 보며 다시 푸우 하고 한숨을 쉬었다.

하교 시간에 언덕을 우르르 내려왔다. 교문 앞에 까만색 고급 차가 서 있었다. 크고 차체가 번쩍거리는 멋있는 차였다. 애들이 모두 그쪽을 쳐다보며 멋있다고 수군거렸다. 고급 차의 앞에 서 있던 여자가 우리 쪽을 향해 손을 흔들었다. 몸에 꽉 달라붙는 가죽 재킷을 입고 선글라스를 쓰고 있다. 유리가 여자를 향해 고개를 꾸벅했다. 그리곤 우리를 돌아보며 말했다.

"애들아, 나 가볼게."

"누구야?"

채원의 물음에 유리가 수줍은 얼굴로 대꾸했다.

"저번에 봤잖아. 노래방에서. 체샤 언니."

"어? 근데 웬일로?"

민주가 눈을 깜박거리며 물었다.

"데리러 온 거지. 연습하라고."

유리가 차로 다가가다 말고 뒤돌아보며 손을 흔들었다.

"나 먼저 갈게."

"어. 잘 가."

"열심히 해."

우리는 모두 손을 흔들었다. 애들이 교문 앞에 서서 차에 타는 유리를 지켜보고 있었다. 체샤가 운전대에 앉더니 곧 차가 출발했다. 유리가 바깥에 있는 우리를 향해 손을 흔들었다. 멀어지는 차를 보며 턱을 쓸었다. 체샤라. 그때 체샤에게 느꼈던 섬찟한 기운이 떠올랐다. 근데 좀 전에는 멀리서도 섬찟한 기운이 느껴졌다. 이게 뭘까.

10월 18일

해수

오늘은 다른 날과 달리 한가해서 건물 옥상에서 세상을 내려다보고 있다. 노랗게 물들어가는 나무들 사이로 산책하는 사람들이 보였다. 강아지를 데리고 산책하는 모습, 유모차를 밀고 걸어가는 젊은 부부 옆으로 운동복 차림의 남자가 탁탁탁 뛰어갔다. 아이들은 잔디를 깐 운동장에서 인라인을 타고 있다. 자전거를 타고 휙휙 달리며 아이들이 웃음을 터트렸다. 그 웃음소리가 맑은 가을 하늘 아래로 울려 퍼졌다. 노인들은 벤치에서 졸거나 두런두런 얘기를 나누고 있다. 흰머리에 맑은 가을 햇살이 넘실거렸다. 주말의 여유로운 세상을 내려다보고 있자니 왠지 훈훈한 마음이 들었다.

그때였다. 어떤 부드러운 손길이 날 등 뒤에서 감싸 안았다. 공기가 따듯해지고 코로 달콤한 향기가 스며들었다. 순간 화들짝 놀라서 재빨리 몸을 피했다. 앞에 있는 건물을 뚫고 몸이 휙 튀어 나갔다. 공중에 붕 뜬 채 몸을 돌리는데 목소리가 들렸다.

"냉정하다니까. 해수씨는. 그렇게 노골적으로 거부하면 여자가 마음의 상처를 받는다니까."

돌아보자 끈적한 웃음을 흘리며 화정 차사가 쳐다보고 있다.

"문규는 어디 가고?"

"문규씨는 왜?"

화청 차사가 천진난만한 표정으로 눈을 깜박였다. 그런 걸 왜 내게 묻는지 모르겠다는 얼굴이었다.

"그런 건 나한테 하지 말고 문규한테나 하라고."

"왜? 난 해수씨한테 하고 싶은데."

옆으로 다가와 팔짱을 끼었다.

"난 나 좋다는 사람보다는 짝 있는 사람이 좋더라."

"어련하시겠어. 서큐버슨데."

그 소리에 화정 차사가 마음이 상했다는 듯 눈을 흘겼다.

"또 그 소리."

"그러니까 좀 떨어지라고."

화정 차사의 팔짱을 풀며 한 걸음 물러섰다.

"무슨 볼일이야?"

"볼일은. 저승 최고 커플이 잘 지내나 해서."

시큰둥한 반응에 화정 차사가 표정을 고치며 말했다.

“커플은 무슨. 잘 지내고 말고가 어딨어. 신장은 그냥 무당이 죽을 때까지 계속 연결된 상탠 거지, 뭐.”

“어머, 로맨틱해라. 죽음이 갈라놓을 때까지.”

화정 차사가 볼을 발그레하게 물들이며 부럽다는 얼굴로 쳐다보았다.

“다른 신장들도 똑같거든.”

퉁명스럽게 말했다.

“하지만 최고 인기 커플이잖아. 남들하고 다른.”

볼을 감싸며 눈을 깜박였다. 길게 얘기해봐야 피곤할 것 같은 생각에 말을 끊으려고 손사래를 쳤다.

“서큐버스랑 무슨 말을 하겠냐. 볼일 없으면 나 간다.”

“조사 팀장님이 일 끝나면 잠깐 들르래.”

화정 차사가 재빨리 말했다.

“조사 팀장님이?”

“응.”

“이유는?”

“몰라.”

물기 많은 촉촉하고 커다란 눈이 빤히 보며 사근사근한 목소리로 대답했다.

“그것 말고는?”

“없어.”

"그래. 알려줘서 고마워. 수고."

손을 번쩍 들고 뒤돌아서려고 하는데 화정 차사가 붙잡았다.

"저 해수씨."

부르는 목소리가 나직하고 간절했다.

"뭐 볼일 남았어?"

퉁명스럽게 물었다.

"나 너무 미워하지 마."

손을 포개서 가슴에 얹으면서 순진한 눈으로 쳐다보았다.

"난 해수씨랑 친해지고 싶어서 그런 건데 서큐버스라 다른 방법을 몰라 그런 거야."

"미워 안 해. 단지 방법이 나랑 안 맞아서 그런 거야."

까칠하게 대했나 싶어 왠지 미안해서 그렇게 말했다.

"나 미워하는 거 아냐? 정말?"

화정 차사가 한 발 앞으로 다가왔다. 불현듯 콧속으로 달콤한 향기가 스며들었다. 순간 몽롱했다. 정신을 차리려고 머리를 흔들며 얼른 한 발 뒤로 물러섰다.

"알았어. 대신 가까이 오지 마."

손을 들어 내저었다.

"싫어. 해수씨 만지고 싶어."

장난스러운 표정으로 손을 쑥 뻗어왔다. 질색하며 재빨리 그 손을 피한 뒤 다시 머리를 저었다.

"하여간 정말."

"어쩔 수 없다니까. 나도 모르게 그렇게 되는 걸 어떡해?"

화정 차사가 억울하다는 표정으로 말했다. 좀 전의 말을 들어보면 본심은 아니라는 것이다. 서큐버스라서 타고난 대로 행동하는 것이다. 그 생각에 마음이 풀어져 부드럽게 말했다.

"알았어. 대신 더 가까이 오지는 마."

"싫어. 해수씨 만지고 싶단 말야."

다시 또 장난스러운 표정을 지었다.

"나는 사양할게. 만지는 건 문규나 하라고. 나 간다."

화정 차사를 피해 얼른 그 자리를 떠났다. 가는 도중 영혼을 인도하고 있는 후배와 마주쳤다. 그런데 걸어가면서 계속 옷을 털고 있었다. 옆으로 다가가서 물었다.

"왜 그래?"

"아 저 망자 데리러 땅속에 들어갔다 나왔더니 꼭 뭐가 묻은 것 같아서요."

말하면서도 연신 손으로 툭툭 옷을 털었다.

"무슨 소리야?"

"아니 저 망자가 땅속에서 죽었어요."

"그래?"

"예. 아직 숨은 붙어 있는데 땅속에 있으니까 들어갔지요. 근데 뭐가 묻은 것 같고 찝찝해서 죽을 것 같아요."

후배의 투덜거리는 소리를 들으며 망자를 돌아보았다. 눈동자가 풀려 있고 걸음걸이가 흐느적흐느적했다. 이상하게 들리겠지만 넋이 빠진 영혼이었다. 생명력이 죄다 빠져 있었다. 영혼도 스스로 자각하고 차사의 인도로 저승으로 향하는데 이 영혼은 생기가 모두 빠져나가고 껍데기만 남아 있었다.

"어떻게 된 거야?"

"처음부터 이랬어요. 이름 부르니까 따라는 오는데 아무런 반응도 없고. 꼭 넋이 나간 것 같아요."

후배가 머리를 절레절레 흔들었다.

"선배님. 이런 경우 보셨어요?"

"아니. 나도 본 적 없는데."

"넋이 영혼인데 영혼에서 넋이 빠지면 대체 뭐가 되는 거야."

후배가 이상하다는 듯 도리질을 했다.

"시키는 대로 따라오니까 편하긴 한데 도통 이상해요. 얘까지 이러니까 더 이상해서 죽겠어요."

후배는 말하면서 다시 옷을 손으로 털었다.

"빨리 끝나고 샤워라도 해야지."

"그래, 수고해."

후배에게 손을 들었다. 후배가 망자를 데리고 걸어갔다. 넋이 빠진 채 가는 망자를 보며 생각했다. 나중에 조사 팀장 만나면 저것도 한번 물어봐야 되겠는데. 그런 생각을 하고 있는데 핸드폰의 알람이 울렸다. 일하러 갈 시간이었다.

핸드폰의 명부에 나온 장소로 움직였다. 도심에서 좀 떨어진 요양병원이었다. 현관문을 열고 안으로 들어서자 무척 시끄러웠다. 복도에서 술에 취한 환자 하나가 행패를 부리고 있었다. 비명 소리와 고함 소리가 복도에 울려 퍼졌다. 술에 취한 환자는 아무 병실이나 들어가 사람들의 팔에 꽂힌 링거와 모니터의 선들을 뽑아버리고 있다. 의사와 간호사가 난동부리는 환자를 막으며, 뽑힌 링거와 모니터의 선들을 다시 연결하느라 고생하고 있다. 남자 간호사들이 진정제가 든 주사기를 들고 쫓아다니고 있지만 역부족이었다.

시끄러운 병실을 지나쳐 복도 끝의 마지막 병실로 들어섰다. 침대에는 호흡기를 끼고 링거를 꽂은 할아버지가 누워 있다. 상태가 많이 안 좋아 보였다. 할아버지는 호흡기가 불편한지 계속 몸을 비트적거렸다. 그런 어느 순간 호흡기의 호스가 침대 난간에 걸려 꼬여버렸다. 하지만 아무것도 모르고 할아버지는 계속 버둥거렸다. 할아버지의 몸부림에 인공호흡기의 마스크가 살짝 벗겨졌다. 그 사이로 공기가 새는 소리가 났다. 호흡이 되지 않자 할아버지의 숨이 가빠지기 시작했다. 모니터의 산소 포화도 농도가 떨어지며, 모니터에 알람이 깜박거렸다. 할아버지는 숨이 가빠지자 더욱 몸을 버둥거렸다. 그럴수록 마스크는 더 벗겨지고 호흡은 더 가빠졌다.

산소 포화도가 낮아지며 모니터의 뇌파와 심박, 혈압도 급격하게 변하기 시작했다. 모니터의 알람이 정신없이 깜박이지만 아무도 오지 않았다. 모두 난동 부리는 환자에 정신이 팔려 알람이 이토록 울리는데도 모르는 모양이었다. 핸드폰의 시간을 들여다보았다. 명부에 표시된 시간이 되자, 할아버지의 몸이 뒤로 꺾어지며 부르르 떨기 시작했다. 그리곤 한순간 툭 하고 떨어졌다. 모니터의 그래프들이 플랫 상태가 되며 편편한 선으로 나타났다. 이윽고 누워 있던 할아버지가 스르륵 일어나 앉았다. 나직한 목소리로 할아버지의 이름을 세 번 불렀다.

"김인철씨. 김인철씨. 김인철씨."

그러자 할아버지의 영혼이 쓱 내게로 끌려왔다.

"김인철씨는 2019년 10월 18일 4시 20분에 사망하셨습니다."

할아버지는 담담한 눈빛으로 고개를 끄덕이며 날 따라왔

다. 할아버지의 혼령을 인도해서 병실을 나섰다. 복도로 나오자 조용했다. 난동부리는 환자를 진정시켰는지 아까보다는 잠잠했다. 쓰러져 있는 의자와 여기저기 널브러져 있는 물건들을 보며 할아버지가 물었다.

"무슨 일 있었나?"

"아, 예. 한 분이 술 드시고 난동부려서 이렇게 됐어요."

"아아, 또 전부한이구만. 저번에도 그러더니 그새 또."

할아버지가 혀를 끌끌 찼다. 옆으로 간호사들이 슬리퍼를 끌고 지친 표정으로 지나갔다. 좀 전의 난동 부리는 환자 때문에 힘들었는지 표정이 어두웠다. 그걸 보며 할아버지가 또 혀를 끌끌 찼다.

"어휴. 고생들이 많어."

할아버지와 몇 걸음 앞으로 가는데 뒤에서 간호사의 비명소리가 울렸다. 돌아보자 간호사 하나가 다급하게 통화를 하고 있고, 다른 간호사는 할아버지의 병실로 뛰어가고 있다. 그제야 할아버지의 사망을 알게 된 것 같았다. 할아버지가 고개를 갸웃하며 주춤 걸음을 멈추었다.

"아니, 저건?"

"예. 할아버지한테 가는 거예요."

"아니 그럼 내가?"

할아버지가 묻는 듯한 눈으로 쳐다보았다. 저 난동이 아니었으면 살 수도 있었다는 말인가 하는 눈빛이었다. 가만히 고개를 저었다.

"아뇨. 이미 운명하셨습니다."

"그럼 저 사람들은 괜한 수고를 하는 거잖아."

"어쩔 수 없죠. 사람들은 혼령을 볼 수 없으니까요."

한숨을 쉬며 말했다.

"가시죠."

"아니, 그래도."

할아버지는 아쉬움이 남는지 자꾸 맨 끝의 병실을 돌아보았다. 우리 옆을 호출을 받은 의사와 간호사들이 다급하게 뛰어가고 있다.

10월 19일

혜수

얼굴에 와닿는 햇빛에 눈을 떴다. 침대에서 늘어지게 기지개를 켰다. 몸을 굴려 책상 위의 시계를 보니 10시가 넘어 있다. 어제 늦게까지 게임하고 늦잠을 자버렸다. 오늘은 일요일. 아무것도 하지 않고 빈둥거려도 뭐라 할 사람이 없다. 집이 조용한 걸 보니 할머니가 안 계신 모양이었다. 밖으로 나가자 식탁 위에 할머니의 메모가 보였다. 지난번 굿한 공장에 보수할 게 없나 보러 가면서 겸사겸사 의뢰가 온 다른 공장도 둘러보고 온다고 써져 있다. 부적 100장 덕분에 그 공장은 별 탈 없이 지나갔고 소문이 딴 공장까지 나서 의뢰가 들어왔다고 한다. 그전에는 할머니가 부적을 일일이 그려서 양이 많은 건 못했는데 지금은 내가 있어서 공장같이 부적이 많이 필요한 의뢰도 할 수 있다고 했다.

하품을 하며 뭐 먹을 게 없나 냉장고를 뒤졌다. 편의점에서 사 온 샌드위치가 보여 꺼내 먹었다. 식탁에 걸터앉아 빵을 우물우물 씹다가 문득 커피가 한 잔 있었으면 하는 생각이 들었다. 한 손으로 빵을 먹으며 다른 손으로 폰을 열었다. 애들이 뭐하나 톡을 보냈다.

-뭐 하냐?

-지금 학원. 중간고사 얼마 안 남았잖아.

채원이가 먼저 대꾸했다.

-나도.

이번에는 민주가 대답했다.

-유리는 뭐 해?

-나 연습. 미안해. 혜수야.

유리가 그런 소리를 하는데 혜원이는 나타나지도 않았다.

-혜원이는 뭐 하냐?

-걔 운동할걸?

민주가 대꾸했다.

-야 학원 언제 끝나?

-야 우리 바빠. 말 시키지 마.

채원이가 투덜거렸다. 그다음부터는 야, 야 하고 불러도 대꾸도 없었다. 심심한데 놀아줄 애가 없었다. 거실로 가서 텔레비전을 틀었다. 소파에 기대고 앉아 리모컨을 돌렸다. 볼 만한 게 하나도 없었다. 심심한데 아기동자나 불러볼까.

"왜?"

"그냥 뭐 심심해서."

"야, 나 바쁘거든."

짧은 다리로 종종종 걸어왔다.

"왜 바쁜데?"

"입시철이잖아. 바빠."

"다른 신장들은?"

"다 바빠."

그리곤 휙 가버렸다. 뭐야? 소파에 스르륵 쓰러져 천장을 올려다봤다. 혼자 이리 뒹굴 저리 뒹굴 했다. TV는 볼 게 없고 게임이나 할까. 소파에 누운 채 폰으로 게임을 했다. 한참 하는데 초딩으로 보이는 애들이 욕하고 시끄럽게 했다. 짜증이 나서 나와버렸다. 또 소파에서 한참 뒹굴거리는데 배가 고팠다. 나가서 뭐 간단한 거라도 먹을까 해서 집을 나왔다.

가을이라 날씨가 좋았다. 햇빛은 따스하고 하늘은 드높고 파랬다. 단풍은 색색으로 물들어가고 있고, 방금 나무에서 날아오른 새가 재재거리며 파란 하늘 너머로 사라졌다. 어디선가 기분 좋은 바람이 살랑살랑 불어왔다. 이렇게 좋은 날 같이 놀러 갈 애들도 없고 짜증이 났다. 그때 내 옆으로 오토바이 한 대가 와서 섰다.

"혜수 선배님?"

"누구?"

그 소리에 날 부른 사람이 검은색 헬멧의 바이저를 내렸다.

"저 원영이에요. 백원영."

"아아, 그래."

멋쩍은 미소를 지었다. 할 일도 없이 거리를 탈레탈레 걷다가 마주치니까 어색했다. 그리고 딱히 할 말도 없었다.

"어디 가는 길이야?"

"예. 저 드라이브 하려구요."

백원영이 생긋 웃으며 말했다. 맑은 가을 햇살이 헬멧의 앞유리에 부딪쳤다. 백원영은 까만색 라이더 재킷에 긴 부츠를 신고 검은색 헬멧을 쓰고 있다. 모두 검은색으로 맞춘 듯한 복장에 커다란 오토바이를 타고 있었다.

"드라이브? 어디?"

"선배님도 가실래요?"

"어… 그."

갑작스러운 제안에 망설이는데 백원영이 몸을 돌려 뒷자리에서 헬멧을 꺼내 건네주었다.

"선배님도 같이 가요."

"그럴까?"

엉겁결에 헬멧을 쓰고 오토바이의 뒤에 탔다. 백원영이 부릉부릉 시동을 걸며 말했다.

"꼭 잡으세요."

"응."

오토바이가 출발했다. 그리곤 얼마 지나지 않아 시원스럽게 뻗은 올림픽대로를 달렸다. 조금 가자 옆으로 한강이 나타나며 시야가 탁 트였다. 강바람에 백원영의 머리칼이 나부꼈다. 바람결에 옅은 장미향이 풍겨 왔다. 허리까지 덮은 백원영의 검은색 머리칼이 햇살에 반짝거렸다. 한적한 국도로 접어들자 오토바이가 속도를 높였다. 옆으로 그림 같은 풍경이 펼쳐졌다. 단풍으로 물들어가는 나무들 사이로 강이 언뜻언뜻 나타났다. 오토바이는 한적한 국도를 시원하게 달렸다. 덩달아 내 마음까지 탁 트이고 시원했다.

이윽고 오토바이는 강가에 있는 한적한 별장에 도착했다. 강을 내려다보며 서 있는 별장은 앞의 정원이 크고 넓었다. 백원영이 리모컨을 누르자 주차장의 셔터가 올라갔다. 오토바이는 그대로 주차장 안으로 빨려들어 갔다. 문이 닫히자 백원영이 오토바이를 세우고 헬멧을 벗었다. 그리곤 길고 까만 머리를 흔들어 털었다. 그 모습이 꽤나 멋있었다.

"선배님. 다 왔어요."

"응. 여긴 어디야?"

"아, 우리 집 별장요. 올라가요."

눈이 휘둥그레진 채 백원영을 따라 계단을 올라갔다. 넓은 거실이 나타났다. 영화에서 본 듯한 고풍스러운 샹들리에가 천장에서 빛나고 있다. 벽난로가 있고 마루는 대리석인 듯 반짝거렸다. 검은색 가죽 소파가 창을 등지고 놓여 있다. 백원영을 보고 중년의 아줌마가 다가와 머리를 숙였다.

"오셨어요? 아가씨."

"네. 별일 없죠?"

"그럼요."

아줌마가 날 향해서 고개를 꾸벅했다. 나도 얼떨결에 꾸벅했다. 백원영이 소파에 헬멧을 내려놓으며 날 돌아보았다.

"언니. 배고프죠?"

"어어. 응."

"아줌마. 우리 식사."

백원영이 아줌마를 힐끔 봤다.

"그럼 먼저 씻으실 거죠?"

아줌마가 앞치마에 손을 문지르며 되물었다.

"응. 오토바이 타고 와서 샤워 먼저."

그러면서 백원영이 내게 물었다.

"언니도 먼저 씻을 거죠?"

"어어 응."

백원영의 별장에 들어설 때부터 얼떨떨해진 상태라 그냥 고개를 끄떡였다. 이런 집은 TV에서나 봤지 처음이었다. 아줌마가 몸을 돌리며 말했다.

"목욕물 받아놨어요. 올라가시면 돼요. 그럼 전 식사 준비할게요."

아줌마가 사라지자 백원영이 2층으로 올라가는 계단으로 이끌었다.

"언니. 올라가요."

2층도 바닥이 대리석이었다. 창을 등지고 소파가 놓여 있고 카페처럼 커다란 화분들이 줄줄이 서 있었다. 나무들의 잎이 어찌나 큰지 창을 가리고 늘어져 있다. 그리고 더 놀란 것은 손님용 욕실이 따로 있다는 것이다. 백원영이 날 데리고 놋쇠 손잡이가 있는 욕실로 데려갔다.

"여기서 씻어요."

"너는?"

"전 저쪽에서 씻으면 돼요."

백원영이 뒤쪽 어딘가를 가리켰다. 안으로 들어가자 넓고 커다란 욕실이 나타났다. 우리 집처럼 아파트의 작은 욕실이 아니었다. 마치 중세의 귀부인이 커다란 부채를 들고 서서 화장을 고칠 것만 같은 곳이다. 장미 문양이 새겨진 둥근 화장대 거울과 구리로 된 십자 모형의 수도꼭지는 고풍스러웠다. 대리석 바닥은 난방이 들어오는지 따뜻했다. 우윳빛의 사기로 된 욕조 안에는 물이 찰랑찰랑 채워져 있고 장미향이 피어올랐다. 옆에는 고급스러운 목욕 소금이 놓여 있다. 목욕 소금을 넣고 욕조 안으로 들어가 누웠다. 따듯한 물에 몸을 담그자 마치 중세의 여왕이라도 된 듯한 기분이었다. 몸이 나긋나긋해졌다. 오토바이를 타고 바람을 가르며 달려왔던 피로가 한달음에 사라졌다.

몸을 씻고 나와 푹신한 러그가 깔려 있는 바닥을 걸었다. 한쪽의 수납장 위에 수건과 편한 옷이 놓여 있다. 헐렁한 고무줄이 들어간 바지와 셔츠였다. 옷을 입자 사이즈가 딱 맞았다. 둥근 화장대 거울 앞에서 머리를 말리고 밖으로 나왔다. 뒤편에서 백원영이 역시 편한 옷으로 갈아입고 사뿐사뿐 다가왔다.

"언니, 다 씻으셨어요?"

"응."

"어때요? 온도는 괜찮았어요?"

"응. 너무 좋았어."

"다행이다."

백원영이 씩 웃으며 내 팔짱을 꼈다.

"우리 밥 먹으러 가요."

둘이서 계단을 쿵쿵거리며 내려왔다. 식당으로 가자 입이 떠억 벌어졌다. 눈처럼 하얀 식탁보가 깔린 식탁은 어찌나 큰지 족히 스무 명은 앉을 수 있을 것 같았다. 한쪽 벽을 차지한 유리 진열장 안에는 고급스러운 식기와 잔들이 보였다.

아래쪽 와인 셀러에는 백원영의 부모님이 사둔 듯 보이는 와인병들이 줄줄이 누워 있다. 식탁은 벌써 한 자리씩 세팅이 되어 있었다. 앞에 장미 문양의 접시와 나이프와 포크가 놓여 있다. 백원영이 커다란 의자에 앉으며 날 쳐다보았다.

"어떻게 차례대로 할래요? 아님 바로 메인으로 할래요?"

"메인이 뭔데?"

"스테이크요."

"그럼 메인으로 하면 안 될까?"

"그렇죠?"

백원영이 생긋 웃으며 아줌마를 돌아보았다.

"아줌마. 스테이크. 언니. 굽기는 어느 정도 좋아하세요? 미듐 레어?"

"응. 그거로 해줘."

"아줌마. 난 레어로."

"네."

대답 소리와 함께 아줌마가 주방 쪽으로 사라졌다. 조금 지나자 주방에서 맛있는 냄새가 솔솔 풍겼다. 배도 고프고 맛있는 냄새를 맡자 입에 군침이 돌았다. 행복한 상상을 하고 있는데 잠시 후 아줌마가 카트를 밀고 왔다. 아줌마가 내 옆으로 와서 접시에 커다란 스테이크를 내려놓았다. 그리곤 백원영의 접시에는 작은 걸 내려놓았다.

"야, 너 그거 먹고 되겠어?"

"아, 저 원래 적게 먹어요. 실컷 드세요, 언니."

백원영이 커다란 검은색 눈에 웃음을 띠었다.

"그럼 먹을게."

스테이크를 크게 잘라 입에 넣었다. 순간 맛에 놀라 눈이 휘둥그레졌다. 고기는 연하고 육즙이 입안 가득 느껴졌다. 스테이크를 많이 먹어본 건 아니지만 지금 먹고 있는 스테이크는 최고였다.

"언니 맛있어요?"

"응. 맛있어."

맛있어서 정신없이 칼질을 했다. 스테이크를 게 눈 감추듯 먹었다. 정신없이 먹는 날 백원영이 흐뭇한 미소를 짓고 쳐다보았다.

"언니. 음료수는 콜라?"

"응. 콜라, 콜라, 콜라."

"아줌마. 난 포도 주스."

"네, 아가씨."

잠시 후 아줌마가 콜라와 유리잔에 반쯤 채운 붉은색 포도 주스를 가져왔다. 내가 스테이크를 맛있게 먹는 동안 백원영은 턱을 괴고 앉아 포도 주스를 홀짝홀짝 마시고 있다. 하긴 저렇게 안 먹으니 저렇게 날씬하고 예쁘지. 하지만 난 먹는 거 앞에서 미모는 포기다. 아줌마가 모닝롤을 담은 빵 접시를 들고 왔다. 한 입 베어 무니 입안 가득 달콤한 버터 향이 퍼졌다. 방금 구운 듯 빵이 맛있었다.

"빵도 너무 맛있다."

"다행이다, 언니. 입에 잘 맞아서."

백원영이 날 보며 웃는데 아줌마가 내 옆으로 와서 물었다.

"어때요? 고기는 입에 맞아요?"

"네. 정말 맛있어요. 아줌마 진짜 최고예요."

그 소리에 아줌마가 안심한 듯 살짝 고개를 끄덕였다.

"필요하면 얘기해요. 고기 많으니까 더 구워 드릴게요."

"아, 예. 감사합니다."

신이 나서 소리쳤다. 아줌마는 그 후에도 곁에 서서 고기가 굳지 않았냐, 샐러드는 어떠냐 하고 계속 물어보았다. 그런 모습이 왠지 백원영의 눈치를 보는 것 같았다. 그만 좀 물어보면 좋겠는데 부담스럽다고 할까. 그때였다. 원영이 의자를 밀며 일어섰다.

"언니 저 잠깐 화장실 좀 갔다 올게요."

그러면서 아줌마를 돌아보았다.

"아줌마. 잠깐만."

"예."

하면서 아줌마가 원영의 뒤를 따라나갔다. 식당에 혼자 있게 되자 신나서 접시의 음식을 먹었다. 스테이크를 먹고 빵을 입에 넣고 킥킥대며 콜라를 마셨다. 와, 진짜 맛있다. 아줌마 요리 솜씨 짱! 어느새 스테이크 접시를 싹싹 비웠다. 너무 잘 먹었다. 남은 콜라를 쭉 들이키는데 백원영이 들어왔다.

"언니. 다 먹었네. 더 드실 거예요?"

좀 전보다 기분이 좋은 듯했다. 원영이 방긋방긋 웃었다.

"글쎄. 하나 더 먹을까."

"아줌마."

백원영이 아줌마를 불렀다. 이쪽으로 오는 아줌마의 안색이 파리했고 약간 비틀거렸다.

"아, 부르셨어요?"

"아줌마, 언니. 스테이크 하나 더."

"어떻게 굽기는 아까처럼 해드릴까요?"

아줌마가 날 보며 물었다.

"아, 네. 감사합니다."

고개를 꾸벅했다.

"잠깐만 기다리세요."

돌아서는 아줌마가 약간 비틀거렸다. 걱정스러운 마음에 내가 말했다.

"아줌마. 괜찮으세요?"

"아, 예."

아줌마가 고개를 숙이고 재빠르게 걸어갔다. 백원영을 쳐다보았다.

"아줌마 좀 아파 보이는데 괜찮을까?"

"괜찮아요. 언니."

백원영이 별일 아니라는 듯 포도 주스 잔을 들어 올리며 말했다. 잠시 후 아줌마가 그릴 위에서 지글지글 익고 있는 스테이크를 서빙 카트 위에 올려서 밀고 왔다. 내 곁으로 와서 집게로 스테이크를 집어 올려 접시에 내려놓았다. 김이 모락모락 나는 스테이크를 크게 썰어 입에 넣었다. 방금 한 거라 또 맛이 달랐다. 너무 맛있어서 또 정신없이 먹었다. 다 먹고 나자 기분 좋은 포만감에 의자를 뒤로 밀고 앉았다. 콜라를 쭉쭉 들이키며 낼 혜원이한테 자랑해야지 하며 씩 웃었다. 아까 집에서 나올 때만 해도 같이 놀 사람도 없고 그런 차에 백원영을 만나 찝찝했는데 지금은 드라이브에 맛있는 식사에 왠지 백원영이 마음에 들었다. 백원영이 내 눈길을 느끼고 물었다.

"언니. 디저트 뭘로 하실래요? 아이스크림?"

"그럴까."

"아줌마. 아이스크림."

백원영이 식당 앞에 서 있는 아줌마를 불렀다.

"아, 네."

아줌마가 대답하더니 잠시 후 하겐다즈 아이스크림을 가지고 왔다. 테이블에 놓인 아이스크림을 한 입 푹 떠서 먹었다.

"맛있다."

그 소리에 백원영이 방긋 웃었다. 뚝딱 먹어 치우고 바닥을 긁고 있는 날 보더니 백원영이 말했다.

"언니. 먹고 싶으면 더 먹어요."

"아니, 그래도."

"괜찮아요. 아줌마 아이스크림 더."

백원영이 날 쳐다보았다.

"몇 개?"

"2개."

손가락을 펴며 말했다. 백원영이 씩 웃으며 다시 아줌마를 향해 말했다.

"아줌마. 2개."

다시 아줌마가 가져온 하겐다즈 아이스크림을 싹싹 먹어 치웠다. 스푼을 내려놓으며 백원영을 보았다.

"너네 집 되게 부잔가부다."

"그냥 뭐 아쉽지는 않아요."

식사가 끝나자 백원영이 집을 둘러보자고 해서 따라갔다.

집 창문마다 선팅이 되어 있고 암막 커튼이 쳐져 있다. 그걸 보며 머리를 끄덕였다. 아, 얘 햇빛 알러지 있다고 했지. 내가 창문을 보고 있는 걸 백원영이 보더니 말했다.

"미안해요, 언니. 제 햇빛 알러지 때문에."

"아니 뭐 나도 풍경 보는 거 별로 안 좋아해."

별일 아니라는 듯 손을 내저었다.

"언니, 우리 뭐 할까요?"

"글쎄. 뭐 할까?"

"게임요. 게임."

백원영이 손을 잡아끌었다. 거실에 엄청 큰 TV가 있었다. 우리 집보다 배는 큰 게 못해도 80인치는 돼 보였다. TV 옆으로 게임기, 타이틀 등 다 꽂혀 있었다. 엎치락뒤치락 둘이서 게임을 했다. 나도 꽤 하는데 백원영도 만만치 않았다. 한 시간 정도 게임을 하자 졸리기 시작했다. 크게 하품을 하는데 백원영이 보며 말했다.

"언니. 우리 한숨 잘래요?"

"그래도 되냐? 처음 오는 집에서."

"네, 언니 신경 쓰지 마세요."

백원영이 생긋 웃으며 뒤를 돌아보았다.

"아줌마. 우리 낮잠 좀 잘게요."

"네."

식당 쪽에서 대답 소리가 들렸다. 2층으로 올라가자 백원영이 방 하나의 문을 열며 말했다.

"언니. 여기요."

"너는?"

"저는 저쪽 방에서 잘게요."

백원영이 복도의 반대쪽을 가리키며 말했다. 원영이가 딴 방으로 들어가는 걸 보며 나도 방으로 들어왔다. 방은 핑크빛으로 꾸며져 있었다. 뒤쪽의 커다란 침대는 공주풍 스타일로 위에 핑크색 레이스 커튼이 드리워져 있다. 포근한 양털 이불을 덮고 푹신푹신한 침대에 눕자마자 잠이 들었다. 한숨 자고 일어나 방을 나오자 어디선가 향긋한 커피 냄새가 났다. 둘레둘레 살펴보다가 아래층으로 내려왔다. 거실의 소파에서 백원영이 커피를 마시며 잡지를 보고 있었다. 어깨까지 늘어져 있는 까만색 머리에 백옥처럼 하얀 얼굴을 숙이고 앉아 있는 모습이 너무나 우아했다. 너무 비현실적이라 멍하니 쳐다보았다. 전에는 느껴보지 못했던 호감이 생겨났다. 발소리를 들었는지 백원영이 고개를 들었다.

"언니. 일어났어요? 어떻게 잘 주무셨어요?"

"어. 진짜 꿀잠 잤어."

"아줌마. 커피."

커피를 가져오는 아줌마의 안색이 아까보다 나았다. 피부가 발그레했다. 이제 괜찮아졌나? 커피를 마시고 나서 시간을 보았다. 시간이 벌써 이렇게 지났나?

"야 이제 나 슬슬 집에 가봐야겠는데."

"가실래요? 제가 태워다 드릴게요."

백원영이 소파에서 자리를 털고 일어났다. 아줌마를 부르려는 듯 돌아보았다.

"아줌마. 우리 갈 건데."

"그럼 옷 준비해드릴까요?"

어느새 거실로 쫓아 나온 아줌마가 공손하게 물었다.

"응. 준비 좀 해줘요."

"네. 알겠습니다."

지갑을 가지러 좀 전에 잤던 방으로 되돌아가자 내 옷은 안 보이고 못 보던 옷이 한 벌 있었다. 혹시 다른 데 있나 아무리 찾아도 내가 입고 왔던 청바지와 셔츠는 보이지 않았다. 아래층으로 내려와서 백원영에게 말했다.

"내 옷이 없는데."

"어? 그거 아줌마가 빨았을 건데."

백원영이 그런 소리를 하더니 다시 아줌마를 불렀다.

"아줌마."

"네."

"언니 옷 어떻게 됐어요?"

"그거 제가 세탁했는데요."

아줌마가 당연하다는 듯 고개를 끄덕이며 말했다.

"어떡하지?"

"내가 나중에 갖다줄게요."

백원영이 선선히 말했다. 그리곤 아줌마를 다시 쳐다보았다.

"아줌마 옷 마르면 내일 본가로 보내세요."

"네. 아가씨."

아줌마가 고개를 숙였다. 그리곤 거실의 입구까지 따라 나와 공손하게 인사했다. 계단을 내려가서 주차장으로 들어갔다. 백원영이 건네주는 헬멧을 쓰고 뒷자리에 걸터앉았다. 자연스럽게 원영의 허리를 손으로 붙잡았다. 올 때는 조금 불안했었는데 지금은 친근감이라고 할까. 그런 게 느껴졌다. 백원영이 헬멧을 쓰고 날 돌아보았다.

"언니. 잘 잡았어요?"

"오케이."

"그럼 출발해요."

주차장의 셔터가 올라가자 오토바이를 타고 밖으로 나왔다. 정원에 있던 옆집 개가 시끄럽게 짖었다. 백원영이 획 노려보자 개가 꼬리를 내리고 도망을 갔다. 백원영이 시동을 걸었다. 그리곤 붉은 노을이 지고 있는 그림 같은 풍경 속을 달리기 시작했다. 백원영의 검고 긴 머리칼이 바람에 날렸다. 마치 영화 속의 한 장면 같았다. 강물에 붉은 노을이 타는 것처럼 번지고 있었다. 그 노을을 옆으로 받으며 오토바이는 달려갔다.

10월 20일

해수

오전에 일을 끝내고 조금 한가해졌다. 폰을 꺼내 날짜를 보니 월요일이었다. 예전에는 무슨 요일인지 신경 안 쓰고 살았는데, 여자아이와 엮이다 보니 무슨 요일인지 확인해보는 버릇이 생겼다. 여자아이가 뭐하고 있는지 궁금해 아이의 학교로 내려가 보았다. 수업시간인데 여자아이는 뒤쪽에 앉아서 졸고 있었다. 앞에 책을 펼쳐놓고 듣는 척하며 자는 모습에 웃음이 나왔다. 학교 끝날 때까지는 어떻게 할 수 없으니 문규를 찾아갔다.

문규는 한적한 산속 꼭대기에 쭈그리고 앉아 있었다. 그 앞으로 다가갔다.

"뭐 하냐?"

"기다리고 있잖아."

문규가 손으로 바닥을 가리키며 까딱까딱 흔들었다. 땅을 보자 팠다가 덮은 흔적이 보였다. 다른 곳은 단단한 데 비해

그곳만 흙이 부슬부슬했다.

"아직 시간 안 된 거야?"

"응. 아직 좀 남았어."

문규가 시계를 보며 대답했다.

"안 내려가?"

"올라오겠지. 올라오면 그때 내려가면 돼."

그런데 명부의 시간이 지나도 아무 변화가 없었다. 그러자 문규가 시계를 보더니 바닥을 향해 소리치기 시작했다.

"신장호. 신장호. 신장호."

세 번 이름을 불렀는데도 아무 반응이 없었다. 내가 문규를 돌아보았다.

"아무 반응 없는데?"

그 소리에 문규가 투덜거리며 바닥에 엎드리더니 다시 한 번 이름을 불렀다.

"신장호. 신장호. 신장호."

이번에도 아무 반응이 없었다.

"야, 반응 없다. 밑에 몇 미터나 돼?"

"3미터."

"깊이도 묻었네. 3미터는 아무리 불러도 안 들려. 야, 빨리 갔다 와."

문규의 등을 툭툭 쳤다. 그 말에 문규가 서류 가방을 내려놓으며 불만이 가득한 얼굴로 일어섰다.

“아, 이따 데이트 있는데. 들어갔다 뭐 묻으면 안 되는데.”

“야, 저승사자가 땅속 들어갔다가 뭐 묻는다는 게 말이 되냐? 저번에 운수가 그러더니 너까지 왜 그래?”

“아 몰라. 엊그제부터 운수가 자꾸 뭐 묻은 것 같다, 냄새난다고 킁킁대고. 그러면서 이리 털고 저리 털고 툭툭 털고. 여기저기 다니며 어찌나 터는지 나까지 찝찝하잖아.”

문규가 입은 대자는 나와서 투덜거렸다. 그리곤 한숨을 푹 쉬더니 땅속으로 들어갔다. 잠시 후 영 하나를 데리고 올라왔다. 문규는 올라오자마자 손으로 옷을 툭툭 털고는 명부를 꺼내 들었다.

“에 그러니까 신장호씨는 2019년 10월 20일 11시 21분에 사망하셨습니다. 사인은 과다출혈에 의한 심장마비입니다. 신장호씨는 지금부터 저와 함께 저승으로 가시게 됩니다. 거기서 48일 동안 심사를 받으시고 49일째 정해진 곳으로 가시면 됩니다. 뭐 필요하거나 궁금한 게 있으면 물어보실… 리가 없죠. 얘들 왜 이런데.”

문규가 혀를 차면서 망자를 가리켰다. 영혼은 게게 풀린 눈으로 허공을 멍하니 보고 있다. 문규가 손을 들어 망자의 눈앞에 휘저어도 아무런 반응이 없었다. 이번 망자도 지난번처럼 혼이 사라지고 없었다. 문규가 내 쪽으로 돌아섰다.

"조사반에 물어봤어?"

"응. 뭐 유럽 쪽 자료에 흡혈귀가 생기를 바닥까지 빨아먹으면 이렇게 된대."

"흡혈귀?"

문규가 무슨 소리야 하듯 눈을 끔벅거렸다.

"응. 드라큘라가 처음에 그런 모양이야. 피에 미쳐 바닥까지 빨아들인 모양이지. 그러다 정도를 넘어서 영혼까지 빨아들이는 경우가 몇 번 있었대."

"영혼까지? 야 그럼 그거 천기 어지럽히는 거 아냐?"

"그렇지. 그래서 유럽 애들한테 된통 당한 모양이야."

"영혼까지 빨아들였으니 당해도 싸지."

문규가 당연하다는 듯 고개를 끄덕끄덕했다.

"그래도 소멸되지는 않았네? 그쪽 애들이 봐줬네?"

그 소리에 내가 피식 웃었다.

"아직 살아 있는 거 같으니까 소멸까지는 안 갔나 부지. 대숙청 때 자기 말고 다른 흡혈귀들을 싸그리 소멸시켰지만."

"자기 말고 다른 흡혈귀들을 다 소멸시켰다고?"

문규가 고개를 갸웃하면서 말했다.

"응. 그래서 한동안 날뛰던 흡혈귀들이 사라진 거야. 다 소멸시켜서."

"헐. 언제?"

"한 100년 정도 됐을 거야. 그때 독감이 한창 유행할 때더라고. 그때 독감 때문에 사람들이 많이 죽었잖아."

"100년 전 독감? 그런 일이 있었어? 난 기억 안 나는데?"

문규가 말했다.

"기억이나 나겠냐. 너 그때 화정 차사에게 차여서 난리도 아니었으니까."

"아."

문규가 기억을 더듬듯 입을 벌리고 있었다.

"인제 기억 나냐?"

"하긴 그때면 기억이 안 나겠다. 제정신이 아니었으니까."

"제정신 아니었지. 저승차사가 죽는다고 난리였으니까."

내가 피식했다.

"야, 쓸데없는 소리 하지 말고."

문규가 창피한 듯 말을 가로막았다.

"야 근데 흡혈귀면 숫자가 꽤 되지 않았냐? 혼자서 다 소멸시켰대?"

"기본적으로 흡혈귀는 다 패밀리어들이잖아. 패밀리어가 마스터한테 대들 수 있냐. 마스터가 죽으라고 하면 진짜 죽는 애들인데."

"근데 왜 죽였대?"

문규가 궁금한 듯 물었다.

"왜 죽이기는. 독감으로 사람들이 많이 죽어나가고, 사람들이 안 돌아다니니까 흡혈귀도 사냥하기 힘들어진 거지. 그러다 피에 굶주린 흡혈귀들이 어쩌다 걸린 사냥감을 쪽쪽 빨아 먹다가 영혼까지 삼켜버리는 일이 생긴 거야."

"아아."

"그걸 알게 된 드라큘라가 전에 저승사자한테 당한 게 두려워서 다시 또 당할까 봐 흡혈귀들을 싸그리 정리해버린 거지."

"아, 그랬구나. 야, 근데 흡혈귀한테서 당한 거면 구멍 뚫려야 되는 거 아냐?"

문규가 얼이 빠져 있는 망자를 돌아보며 말했다. 그리곤 땅으로 쑥 들어갔다 나오더니 고개를 저었다.

"야 없는데, 상처가."

"얘만 아냐. 지난번 내가 데려갔던 애도 그렇고. 그다음도 그렇고. 운수 때도 그랬어."

내 말에 문규가 흠 소리를 내며 턱을 만졌다.

"어떻게 한 거지?"

"난들 알겠냐. 새로운 방법이 생긴 거겠지."

"유럽 애들한테 물어봤어?"

"유럽 애들도 이런 건 처음이란다."

내가 고개를 절레절레 흔들었다. 그러다가 문규를 쳐다보왔다.

"너 안 늦었어?"

"아, 맞다. 맞다. 맞다."

문규가 그제야 넋이 나간 채 서 있는 망자를 흘끔 보며 말했다. 그리곤 부리나케 망자를 데리고 떠났다. 혼자 남게 되자 혹시나 해서 땅속으로 들어가 보았다. 그리곤 위를 보고 누워 있는 시체를 살폈다. 얼굴만이 아니라 몸의 어디에도 핏기가 전혀 없었다. 그러니까 온몸의 피가 다 빠져나간 듯했다. 몸을 구석구석 살펴봐도 피가 흘러내릴 만큼 구멍이 뚫린 곳이 없었다. 이상했다. 고개를 절레절레 흔들며 위로 올라왔다.

머리가 복잡하니 커피 생각이 났다. 여자아이가 있는 곳을 향해 건물을 통과해서 갔다. 어느덧 해가 뉘엿뉘엿 지고 있었다. 여자아이가 있는 할머니의 집에 도착했다. 여자아이는 기분이 좋은 일이 있는지 룰루랄라 노래를 하며 청소를 하고 있었다.

"네가 웬일이냐. 청소를 하고."

"오셨어요? 잠깐만요."

여자아이가 손을 빠르게 놀리며 인사했다.

"그러니까 네가 웬일이냐고? 청소를 다하고."

"뭐 집이 지저분해서."

"헐. 야, 너 강혜수 맞냐?"

팔짱을 끼고 쳐다보았다.

"왜요?"

여자아이의 말을 무시하고 핸드폰을 뒤졌다.

"뭐 하세요?"

"어? 너 혹시 명부 나왔나 보게."

"명부는 왜요?"

여자아이가 손을 멈추고 쳐다보았다.

"너 안 하던 일 하니깐 그렇지."

"저 청소 많이 했거든요."

여자아이가 팔팔거리며 말했다.

"그렇다고 내가 믿을 줄 아니. 이상하네. 명부도 안 나왔는데."

머리를 갸웃갸웃하는데 여자아이가 툴툴거리며 청소를 했다. 뾰로통한 얼굴로 청소하는 모습이 귀여웠다. 그런 모습이 귀여워서 여자아이를 보면 놀리고 장난을 치고 싶었다. 여자아이는 한동안 시끄럽게 청소를 하더니 청소기를 한쪽으로 정리했다.

"끝났냐?"

"끝났어요. 왜요?"

부루퉁한 대답이 돌아왔다.

"커피."

"……"

입이 툭 튀어나온 채 뭐라고 구시렁거리며 여자아이가 돌아섰다. 그리곤 주방으로 가서 캡슐 커피를 집어 들었다.

"야 캡슐 커피 말고는 없냐?"

"……"

여자아이가 아무 대꾸도 없이 손을 내밀었다.

"뭐?"

"커피값요."

"야, 너 저번에 번 거 많잖아."

"아, 그건 그거고 이건 이거죠. 그리고 솔직히 그건 아기동자가 했지 뭐 차사님이 한 거 별로 없잖아요."

"야, 그거 내가 가르쳐줬거든."

"아, 몰라요. 커피값."

앞으로 뻗은 손을 계속 까딱거렸다. 그사이에 커피 향기가 나며 커피가 잔에 떨어졌다.

"야 커피 다 나왔다."

그 소리에 여자아이가 돌아가서 커피잔을 들고 왔다. 청소한 뒤라 저도 당기는지 커피를 한 모금 마시고 기분 좋은 얼굴을 했다. 그 얼굴을 빤히 쳐다보았다. 그러자 여자아이가 이상한 듯이 물었다.

“뭘 그리 빤히 봐요?”

“커피 맛 알겠지?”

그 소리에 여자아이가 찔끔 하는 표정이 되었다.

“기왕이면 좋은 거 마시자.”

여자아이를 살살 달랬다.

“칫. 좋은 건 비싼데. 확 그냥 매운 떡볶이나 먹을까 부다.”

여자아이가 입이 대자는 나와서 구시렁거렸다.

“다 들려.”

“귀는 더럽게 밝아 가지곤.”

“들린다니까.”

그 소리에 여자아이가 뭐라고 구시렁거렸다. 그런 여자아이의 모습에 나도 모르게 싱긋 미소를 지었다.

10월 21일

혜수

2교시 영어 수업이 한창이었다. 뒤쪽의 애들이 떠들고 킥킥거리는 소리가 들렸다. 유리는 아까부터 무슨 생각을 하는지 멍하게 앉아 있었다. 칠판에 글씨를 쓰던 선생님이 돌아서며 유리를 보았다.

"이유리."

이름을 부르는데도 유리는 듣지 못한 눈치였다. 내가 옆구리를 툭툭 쳤다.

"야, 야. 선생님이 부르잖아."

"어어."

유리가 당황한 얼굴로 교탁 쪽을 바라보았다. 선생님이 허리에 팔을 올리고 자못 못마땅한 듯 이쪽을 보고 있었다.

"이 담에 올 문장은 뭐야?"

"예? 예, 그게…"

유리가 얼굴을 붉히며 얼른 고개를 숙였다. 그걸 보고 선생님이 한 소리 했다.

"수업 시간에 딴생각하지 말고. 집중. 집중."

선생님이 손에 든 자로 칠판을 두드렸다.

"중간고사 얼마 안 남은 거 알지? 다들 집중하고. 특히 유리, 너 요즘 왜 그리 멍하니 있냐. 시험 얼마 안 남았으니까 다들 집중해, 집중."

선생님이 칠판을 두드리며 다시 목소리를 높였다. 떠들던 애들이 입을 다물고 유리도 칠판 쪽을 향했다. 하지만 옆에서 봐도 마음이 딴 데 가 있는 게 느껴졌다.

쉬는 시간이 되자 혜원이가 통로로 나와 신발 끈을 묶고 있었다. 그리곤 손을 들고 매점 방향을 가리켰다.

"매점?"

"콜."

채원이가 싱긋하며 대답했다.

"야, 유리는?"

민주가 유리에게 물었다.

"난 피곤해. 그냥 있을래."

그러면서 자리에 엎드렸다. 연습하느라 지치고 다이어트 때문에 힘들어서 그런 것 같았다. 유리만 빼고 다른 애들이 우르르 교실을 나가는데 혜원이가 쌩하니 앞으로 달려나가고 있었다. 암튼 동작 하나는 빠르다. 매점에서 또 몇 개 안 남은 피자빵 쟁탈전이 벌어졌다. 혜원이는 벌써 1등으로 피자빵을 차지했고 2등은 나였다. 우리가 느긋하게 피자빵을 먹고 있는데 채원이와 민주가 헉헉대며 달려왔다. 둘 다 피자빵이 없어 샐러드빵을 먹어야 했다.

간식을 먹고 나서 교실로 돌아오는데 혜원이가 "잠깐만." 하고 다시 매점으로 뛰어갔다. 그리곤 손에 뭘 쥐고 돌아왔다. 교실로 오자 유리는 여전히 책상에 엎드려 있었다. 내가 유리를 흔들었다.

"야, 유리야. 수업 시간 됐어."

"으으응."

유리가 마지못한 듯 일어났다. 얼굴이 핼쑥하고 파리했다.

"너 괜찮아?"

"몰라. 요새 다이어트해서 그런지 기운이 없네."

유리가 힘없이 웃었다. 그러자 혜원이가 등 뒤에 감추고 있던 다이어트 음료를 유리 앞에 턱 하고 내려놓았다. 그리곤 쓱 제자리로 돌아갔다.

점심시간에 식당은 밥을 먹는 소리와 떠드는 소리로 왁자지껄 소란스러웠다. 유리가 식판을 들고 오는데 밥 조금, 김치 조금, 콩나물무침 조금이 다였다. 국도 그릇 밑바닥이 살짝 잠기게 담아서 왔다. 그걸 보고 혜원이가 물었다.

"야, 너 다이어트한다고 해도 그것 먹고 되겠냐?"

"응, 난 괜찮아."

유리가 수저를 집어 들며 말했다. 그런 유리를 채원이가 말똥말똥한 눈으로 보고 있었다.

"야 근데 유리 너 지금 얼굴 엄청 작아진 거 알아?"

"그래?"

"너 장난 아냐. 그리고 요새 너 턱선하고 정말. 며칠 사이에 피부 하얘진 거 봐봐."

채원이가 옆에 앉은 유리를 보며 연신 감탄사를 터트렸다.

"나도 다이어트해야 되는 거 아냐."

유리를 보며 부럽다는 듯 한숨을 내쉬었다.

"너 보면 나도 다이어트해야 되는 건지 고민된다니까."

"나도 그래."

채원이의 말에 민주가 그렇다는 듯 머리를 끄덕끄덕했다.

"그래? 다행이다."

유리가 손으로 얼굴을 감싸며 웃었다.

"공연할 때까지 더 빠져야 되는데."

"열심히 해."

"역시 최고의 성형은 다이어트라더니."

유리와 채원, 민주가 돌아가면서 한마디씩 했다.

"너 너무 이뻐졌어."

"얼굴이 창백하니까 입술이 더 빨개졌어."

"얘, 쌍꺼풀 커진 거 봐봐."

"눈도 엄청 커졌어."

채원이와 민주는 유리의 양옆에 앉아 얼굴을 하나하나 뜯어보며 계속 감탄하고 있었다. 입이 미어져라 음식을 씹고 있던 혜원이가 유리를 쳐다보았다.

"너 연습은 잘돼?"

"응. 근데 나 정말 깜짝 놀랐어. 지금까지 무대 연출을 리더님이 다 하셨더라고."

"프로듀서가 따로 있는 게 아니라?"

혜원이가 눈을 둥그렇게 떴다.

"응. 나도 연습할 때 첨 봤는데 패밀리어 리더님이 따로 계시더라고."

"그래? 어떤 사람인데?"

"나이는 30대 중반 정도인 남자분인데, 카리스마 최고."

"남자라고?"

채원이가 호기심이 이는 듯 바싹 붙으며 되물었다.

"어. 멤버들은 다 여잔데, 리더님만 남자더라고."

"그래? 정말 재밌네."

혜원이가 말했다.

"그래서? 그래서?"

채원이가 얼른 얘기하라는 듯 재촉했다.

"지금까지 멤버 선택하는 거, 곡 선곡, 안무, 무대 연출 등 모두 그 리더님이 다 짠 거라고."

"그럼 그 리더 실력 좋은데 그쪽으로 나가지."

"안 그래도 제안 많았는데 안 하시고 패밀리어 일만 하신다고 하더라."

유리가 손을 맞잡고 꿈꾸는 듯한 눈으로 말했다.

"너무 멋있어."

그리곤 목이 마른지 컵의 물을 한 모금 들이켰다.

"연출 능력뿐만 아니라 안무할 때도 보면 패밀리어 멤버들보다 훨씬 더 잘 추셔."

"어, 진짜?"

민주가 소리쳤다.

"그리고 보컬도 그래. 연습할 때 그냥 가만히 보고 계시다가 와서 한마디 얘기해주시는데 그대로 하면 느낌이 달라져."

"그 정도야?"

"대체 어느 정돈데?"

"가령 예를 들면 이런 정도야."

유리가 숨을 고르며 말했다. 그리곤 노래방에 가서 노래를 하는 것처럼 한 소절을 부르기 시작했다. 작게 부르는데도 청아한 목소리가 가슴을 두근거리게 했다. 역시 우리 유리 노래 잘하네. 그런 생각을 하고 있는데 유리가 노래를 끊었다.

"지금까지 이렇게 했잖아. 근데 지금 배운 걸로 하면 이렇게 돼."

유리가 다시 노래를 하기 시작했다. 그런데 창법만 바꿔 불렀을 뿐인데 유리의 목소리가 아니었다. 어디 아득한 먼 곳에서 들리는 듯한 노랫소리를 듣고 있으니까 멍해지는 기분이었다. 스르륵 눈이 감기면서 나도 모르게 몸에서 힘이 빠지고 환상 속으로 빠져들었다. 유리가 노래를 마치자 저절로 행복한 한숨이 새어나왔다. 건너편에서 채원이와 민주가 놀란 모습으로 박수를 쳤다.

"유리야. 너 정말, 너무 멋있다."

"짱 멋있어."

그 정도가 아니었다. 식당의 모든 학생들이 행복한 얼굴로 박수를 치고 있었다. 유리가 작은 소리로 노래를 했는데도 왁자지껄 소란스러운 식당 안을 모두 휘어잡은 듯했다. 아이들의 함성 소리가 울렸다. 중간중간에 휘파람 소리도 같이 들렸다.

"2학년 3반 이유리였습니다."

혜원이가 일어나 유리를 가리키며 소리쳤다. 혜원이의 말에 아이들이 유리를 향해 박수를 치며 환호성을 울렸다. 채원이와 민주는 친구의 자랑스러운 모습에 신나서 으쓱거리고 있었다.

"야, 유리야."

채원이가 툭툭 치자 유리가 발그레한 얼굴로 일어나 인사를 했다. 그러자 식당 안의 학생들이 다시 와와 박수를 쳤다. 유리가 부끄러운 얼굴로 자리에 앉았다. 고개를 드는데 얼핏 식당 앞의 출입구에 백원영의 모습을 본 것 같았다. 어? 하고 다시 돌아보자 없었다. 잘못 봤나. 어느새 식당 문 앞이 왁자지껄했다. 벌써 소문이 났는지 문 앞에 2학년 애들이 뭐야, 뭐야? 하며 고개를 디밀고 있다. 그걸 보고 혜원이가 씩 웃었다.

벤치에서 매점에서 산 과자를 먹으며 혜원이와 둘이서 앉아 있었다. 유리는 피곤하다고 교실로 돌아가고 채원이와 민주가 따라갔다. 과자를 와그작와그작 씹고 있는데 뒤에서 누가 소리쳤다.

"선배님."

그 소리에 혜원이가 과자를 물고 "누구?" 하고 눈을 멀뚱거렸다.

"저 1학년 원영이에요. 백원영. 선배님은 장혜원 선배님

맞죠?"

커다랗고 까만 눈을 굴리며 방긋 웃었다.

"응. 응."

혜원이가 고개를 끄덕이는데 백원영이 내 옆으로 쪼르르 와서 앉았다.

"선배님 저녁에 뭐 하세요?"

"으응. 그러게 왜?"

"아 저번에 선배님 옷 아줌마가 보내왔어요. 갖다줄 겸 해서요."

백원영이 눈을 깜박이며 말했다.

"무슨 옷?"

과자를 입에 던지던 혜원이가 돌아봤다.

"얘랑 놀러 갔었잖아."

"그랬어?"

"야 나중에 얘기해줄게."

그 참에 백원영이 끼어들었다.

"선배님. 그러니깐요. 옷 갖다주게 저녁에 뭐 하세요? 오늘 안 되면 낼이라도 괜찮아요."

"오늘…"

머릿속으로 무슨 일이 있나 생각했다. 애들은 중간고사라 모두 학원에 갈 거고, 유리는 연습 가고, 혜원이는?

"너 뭐 하냐?"

몸을 돌려 물었다.

"나? 학원 갔다 운동하러 가야지."

그러면서 벌떡 일어나더니 다리로 돌려차기를 했다. 백원영이 멀뚱하게 쳐다보는데 혜원이가 씩 웃으며 말했다.

"멋있지?"

그리곤 벤치에 털썩 앉더니 다시 과자를 와그작와그작 씹었다. 그새 다 먹었는지 봉지째 입에 대고 탈탈 털었다.

"선배님은요?"

백원영이 다시 물었다.

"나? 집에 있을 거야."

"선배님, 학원 안 다니세요?"

그 소리에 혜원이가 손으로 입가를 문지르며 말했다.

"얘 공부 안 해도 돼."

"왜요?"

백원영이 눈을 동그랗게 떴다. 그러자 까맣고 동그란 눈이 더 땡글땡글하게 보였다.

"아, 그런 거 있어."

내가 혜원이의 말을 자르며 덧붙였다.

"얘 할머니 무당이잖아. 얘도 그쪽으로 갈 거야."

무당이라는 말에 백원영이 흥미를 보였다. 바짝 다가앉는

원영을 보고 혜원이가 떠벌떠벌 설명했다.

"얘 요새 할머니 집에 있잖아."

"에? 뭐요? 집이 서울 아니세요?"

백원영이 머리를 갸웃했다.

"얘 서울인데."

"아, 귀찮아. 그런 거 있어."

그런 소리를 하는데 핸드폰이 울리며 할머니한테서 전화가 왔다.

"응. 할머니."

"어. 혜수야. 그 부적 좀 해야 돼서 미리 연락했다."

"얼마나?"

"어. 이번엔 한 300장 해야 될 것 같은데."

할머니가 별일 아니라는 듯 덤덤하게 말했다.

"300장?"

"어. 그리고 이번에는 그 주박만 아니라 수맥도 있는 거 같으니까 치수 쪽 부적도 같이 써야 될 거 같다. 그래서 주박 쪽 250장하고 치수 쪽은 50정도 해야 될 거야."

"어? 할머니."

"응. 왜?"

"저기 부적 종이도 그만큼 없고 주사도 모자라고 해서 그것도 사려면 돈 없는데요."

"그래. 사. 돈 보내줄게."

"근데 그게 급하게 사려면 돈이 많이 드는데?"

얼른 말했다.

"얼마나?"

"글쎄. 지난번 알바한 거에서 한 5배?"

얼른 딜을 했다.

"그래. 일단 돈 먼저 보내주마."

"할머니는?"

"난 여기 둘러보고 가야되니까 이삼일 있다 올라갈 거야."

"응."

"그래. 밥 잘 챙겨 먹고. 학교 잘 다니고. 무슨 일 있으면 엄마한테 얘기하고."

"알았어."

전화를 끊자 백원영이 눈을 둥그렇게 떴다.

"부적도 하세요?"

"얘 부적 그려서 알바하잖아. 수입이 쏠쏠해."

"그런 거 얘한테 얘기하지 마. 얘는 별장도 있고 바이크도 타고 다녀."

그 말에 혜원이가 관심을 보였다.

"바이크 타고 학교 왔어?"

"학교는 안 타고 와요. 주말에만 가끔 타요."

백원영이 머리를 흔들며 말했다. 그러면서 날 쳐다보았다.

"이따 구경 가도 돼요?"

"혼자 있으니까 언제든지 와."

"와, 잘됐다. 그럼 선배님 제가 이따 연락드릴게요."

아참 하더니 백원영이 다시 말했다.

"이따 저 학원 끝나고 늦을지도 모르는데 괜찮으세요?"

"응. 괜찮아. 혼잔데 뭐."

머리를 끄덕거렸다. 그러자 백원영이 신나서 말했다.

"갈 때 제가 뭐 좀 사 갈까요? 뭐 좋아하세요?"

"글쎄 뭐 지금은 생각나는 건 없고, 이따 연락해."

"아 그럼 이따 연락하면 되겠다."

백원영이 좋아라 하면서 손뼉을 쳤다. 과자 봉지를 부스럭거리고 있던 혜원이가 물었다.

"너 부적 그릴 거야?"

"응. 300장 해야 될 거 같은데."

"아씨. 나도 주말이면 갈 수 있는데."

"이따 와."

"운동하고 피곤해서 안 돼. 주말에 갈게."

"그래. 주말까지 그려야 하니까 주말에 와."

혜원이가 고개를 끄덕이는데 백원영이 시계를 보며 일어섰다.

"아 수업 갈 시간 됐다. 선배님들 안 들어가세요?"

"응. 가야지."

검은 양산을 쓰고 백원영이 발갛게 물든 단풍나무 사이를 지나갔다. 그 뒷모습을 물끄러미 보았다.

방의 프린터에서 치수와 화기를 부르는 부적이 프린트되고 있다. 제일 많이 필요한 주박 부적은 주말에 한꺼번에 작업하고, 치수 부적만 미리 하기로 했다. 바닥에 종이를 놓고 룬 문자를 그려보았다. 그 전은 주박이니까 뒷면에 X자를 주사로 그려 효과를 봤다. 그러니까 주박은 X를 그리면 되지만, 다른 부적은 다른 모양을 그려야 한다는 말이었다. 뭘 그려야지 하다가 생각난 게 룬 문자였다. 인터넷에서 찾은 룬 문자를 종류별로 종이에 그려보았다. 할머니가 전화로 이번 공장은 아래를 지나는 수맥이 문제인 것 같고 기존 주박에 치수 부적을 써야 할 것 같다는 얘기를 했다. 치수니까 물하고 반대되는 성향을 써야 될 것 같았다. 룬 문자를 찾아보니 썬과 파이어가 있다. 종이에 태양과 불을 의미하는 문자를 써놓고 어떤 게 어울리나 들여다보았다. 그리곤 천천히 그려보았다. 그리는 게 익숙해지도록 계속 연습을 했다. 그때 전화가 울렸다. 들여다보니 백원영의 문자가 들어와 있다.

-선배님 늦었죠? 지금 가면 안 되겠죠? ㅠㅠ.

시간을 보니 밤 11시가 넘어가고 있다.

-아니, 나 아직도 일하고 있어. 상관없어. 와.

-와 신난다. 선배님 뭐 드시고 싶은 거 없으세요?

-그럼 매운 떡볶이하고, 감자튀김하고 사 와.

어차피 부적 쓴 다음 영기를 불어넣어야 하니까 차사 부르는 김에 부적 붙여놓고 매운 거 먹으면 될 것 같았다.

-네. 금방 갈게요.

다시 룬 문자를 그리는 연습을 했다. 초인종이 울리는 소리에 일어나 현관의 인터폰을 보았다. 화면에 백원영이 떡볶이가 든 비닐봉지를 들어 보였다. 문을 열어주었다. 백원영이 집으로 들어와서 여기저기에 붙은 부적들과 거실에 차려진 신당을 신기한 듯 쳐다보았다.

"선배님. 저거 뭘 들어오지 못하게 하는 거예요?"

백원영이 거실 벽에 붙은 악령을 막는 부적 하나를 가리켰다.

"아, 그때 필요해서 결계 친다고 했던 거야."

"저거 하면 진짜 못 들어와요?"

백원영이 눈을 굴리며 물었다.

"그러더라고."

"아, 신기하다."

백원영이 집을 둘러보며 계속 감탄사를 터트렸다. 그리곤 쪼르르 신당 앞으로 가더니 물었다.

"이건 뭐예요?"

"아, 할머니 신 모셔놓은 거야."

"신기하다. 어? 그럼 여기 진짜 신이 있는 거예요?"

"아니. 그게 영이 매개되는 거야. 반드시 있어야 되는 건 아닌데 이렇게 정성스럽게 모시면 그게 신장하고 연결이 되어 신이 모습을 보이시는 거야."

"와, 신기하다. 참 선배님 이거 어디에 둬요?"

백원영이 손에 든 떡볶이를 들어 올렸다.

"떡볶이 식탁에 둬. 너 지금 배고프니?"

"아뇨. 전 괜찮은데요."

"그럼 이따 일 끝내놓고 먹자."

"네."

백원영이 식탁에 떡볶이를 내려놓고 딴 손에 들고 있던 쇼핑백을 내려놓았다.

"이건 세탁한 옷요."

"응, 고마워."

"아, 맞다. 선배님. 부적 그리는 거 보여주세요."

"들어와."

방으로 들어가서 프린트된 부적을 보여주었다. 백원영이 신기한 듯 부적을 들여다보았다. 그러다가 바닥에서 연습하고 있는 종이를 보더니 물었다.

“선배님. 이건 저것하고 다른데요?”

“아, 이건 치수. 물 다스리는 부적. 할머니가 필요하다고 하셔가지고.”

“아, 그럼 부적도 종류가 여러 가진 거예요? 아, 이게 스크롤 같은 거구나.”

백원영이 종이를 든 채 머리를 끄덕끄덕했다.

“그거랑 다르긴 한데 조금 비슷하긴 하지.”

“어? 근데 선배님. 이거 룬은 왜요?”

“너 룬 아니? 그런 거 어떻게 알아?”

“저 고문서나 전설 그런 거 좋아해서 잘 알아요.”

백원영이 부끄러운 듯 살짝 얼굴을 붉혔다.

“원래는 부적을 주사로 그려야 되는데, 이렇게 프린트해놓고 뒤에 주사로 영기를 불어넣으면 부적 효과가 똑같다고 해서. 근데 이왕이면 효과를 좋게 해보려고 룬 문자를 써보려고 해.”

“아아. 네.”

백원영이 내가 쓴 룬 문자를 들고 말했다.

“근데 선배님 이건 달라르나식이라서 주술적인 효과가 약해요.”

“그래?”

백원영을 돌아보았다.

“네. 룬 문자가 몇 가지가 있는데 주술적으로 쓰기에는 앵글로 프리지리아식 문자가 효과가 좋대요. 선배님, 지금 태양하고 불을 쓰신 거죠?”

“응.”

“그럼 태양은 이렇게 쓰고 불은 이렇게 쓰시면 돼요.”

백원영이 종이에 직접 룬 문자를 그려주었다.

“이건 어디 쓰시려고요?”

“저 치수 부적에.”

“치수 부적이면 물을 기원하는 거예요? 물을 억누르는 거예요?”

“물을 억누르려고.”

“그럼 태양을 쓰시면 좋아요.”

백원영이 척척 말했다. 이번에는 내가 어리둥절해졌다. 얘가 그런 거 좋아한다고 하더니 아주 잘 알고 있었다.

“불 문자 룬은 실제 불을 일으킬 수 있기 때문에 위험하고 물하고 반대가 되는 태양을 쓰시는 게 좋아요. 근데 이걸 쓰면 바로 효과가 있는 거예요?”

“아니 바로 효과 없어.”

“선배님 근데 이건 뭐예요?”

백원영이 주사를 가리키며 물었다.

"아, 그건 주사."

"이걸로 꼭 써야 하는 거예요?"

"응."

"무슨 힘이 있어요?"

"아니 그 자체에 힘이 있는 게 아니라 주사가 영기를 품는 효과가 있기 때문에 쓰고 영기를 불어넣으면 그때 효과가 있는 거야."

"아아."

백원영이 신기한 듯 고개를 끄덕였다. 그리곤 주사를 묻혀 부적의 뒷면에 쓱쓱 태양의 룬 문자를 그렸다.

"야, 너 잘 쓴다. 그럼 우리 같이 나눠서 쓰자."

"그럴까요?"

둘이 나눠서 하니까 작업에 속도가 붙었다.

"그럼 영기를 불어넣기 전까지는 힘이 없는 거예요?"

"응. 그냥 글자야. 그거 도장 찍을 때도 써."

그런 소리를 주고받으며 둘이서 함께 부적 뒷면에 룬 문자를 그렸다. 룬 문자에 익숙한 백원영이 먼저 일을 끝냈다.

"선배님. 저 다했어요."

"그래. 난 몇 장 남았는데."

"선배님. 그럼 떡볶이 준비해 올까요?"

"응. 그래."

백원영이 일어나서 방을 나갔다. 남은 몇 장을 끝내고 기지개를 켰다. 그리곤 영기를 불어넣을 겸 매운 거 먹기 전에 사전 준비도 시킬 겸 해수 차사를 불렀다. 빈 시간인지 바로 왔다.

“왜? 무슨 일이야?”

“저 이거 잠깐 들고 계세요.”

그러면서 기척을 없애는 부적을 건네주었다. 그러자 바로 얼굴을 찡그렸다.

“너 또 이상한 거 먹냐?”

“저번 일도 있었고 저 요새 알바하느라고 힘들고, 거기다가 아직 어린 학생이 부모님 떠나서 혼자 있으려니까…”

손가락을 톡톡 치며 중얼중얼 하자 해수 차사가 알겠다는 듯 손을 들었다.

“그래. 그래. 어휴.”

한숨을 쉬며 기척을 없애는 부적을 손에 들었다.

“바쁘신 일 없는 거죠?”

“없어, 없어. 오늘 일 끝났어.”

“저 후식으로 첼바 더치 사뒀으니까 이따 같이 드세요.”

“그러거나.”

해수 차사가 한숨을 쉬더니 부적을 들고 구석의 의자로 가서 앉았다. 내가 또 매운 걸 먹을 게 뻔하다고 생각했는지 멀리 떨어져 있었다. 그때 문이 열리고 백원영이 떡볶이를 들고 방으로 들어왔다.

"선배님. 떡볶이 왔어요."

"어. 그래 먹자."

책상 앞으로 다가서는데 갑자기 해수 차사가 백원영의 옆으로 확 다가섰다.

"너 뭐야?"

내 앞을 해수 차사가 막아서며 손에 들고 있던 기척을 없애는 부적을 바닥에 던졌다. 그 서슬에 백원영이 펄쩍 뛰며 뒤로 물러섰다. 하얗게 질린 백원영의 입이 벌어지며 날카로운 송곳니가 튀어나왔다. 그리고 눈이 새빨갛게 변했다. 그 모습에 깜짝 놀랐다. 머릿속으로 "위험해!" 하고 생각하는 순간 서늘한 기운이 온몸을 감쌌다.

10월 22일

해수

나를 보고 당황한 듯 흡혈귀가 도망치려고 했다. 하지만 본성을 드러내자 흡혈귀의 마기가 할머니의 부적 기운과 충돌하여 흡혈귀의 탈출을 방해했다. 흡혈귀가 탈출하려는 듯 벽으로 뛰어들자 그대로 벽을 맞고 튕겨 나왔다. 이번에는 문으로 빠져나가려는 듯 돌진했지만 또다시 퉁겨나왔다.

바닥에 여자아이가 그린 듯한 부적이 있어 집어 들어 기운을 불어넣고 벽을 향해 뿌렸다. 그대로 부적들이 날아가 흡혈귀 주위의 사방을 막았다. 흡혈귀는 부적의 태양의 룬 문자 때문에 도망도 못 가고 질린 채 패닉 상태였다. 벽에는 할머니가 친 결계 부적이 있지만 그리 촘촘하지는 못했다. 그래서 그 사이사이를 룬 문자로 막았다. 흡혈귀는 당황한 듯 하얗게 변한 얼굴에 날카로운 송곳니가 튀어나오고 빨간 눈으로 크르르르 소리를 내며 사방팔방으로 날뛰고 있었다. 머릿속으로 여자아이의 목소리가 들렸다.

'이게 어떻게 된 일이에요?'

'저 아이는 흡혈귀다.'

'예?'

'요 근래 이 근처에서 흡혈귀 짓으로 보이는 게 몇 건 있었는데, 저 아이가 한 짓 같다.'

'예? 흡혈귀요? 정말요?'

'그래. 우선 저 애를 잡아야 하니까 일단 내가 시키는 대로 해라.'

여자아이는 그동안 무슨 일이 있었는지 멘붕이 되어 어쩔 줄을 몰라 했다. 여자아이의 몸에 빙의가 되어 흡혈귀를 잡으려고 했지만 워낙 빨라서 번번이 낭패였다. 그새 흡혈귀는 정신을 차린 듯 하얗게 질린 얼굴이 풀어졌다. 그리곤 주위를 둘러보더니 한쪽 벽을 손으로 내리쳤다. 그 서슬에 부적들이 갈기갈기 찢겨 날아갔다. 흡혈귀는 우리의 공격을 피해 차근차근 부적들을 없애며 도망갈 길을 만들었다. 여자아이가 뽑은 부적은 많지 않은 듯했다. 이대로 흡혈귀를 놓칠 수 있다는 생각에 지옥불을 불러냈다.

흡혈귀가 부적을 잡아떼려는 찰나 그걸 막으며 손에서 지옥불을 확 일으켰다. 양손에 푸른 불꽃이 일자 흡혈귀의 눈이 공포로 질렸다. 그리곤 기겁을 하고 도망쳤다. 눈이 공포에 질린 채 부들부들 몸을 떨었다. 흡혈귀의 행동을 보니 지옥불이 먹힌다는 생각이 들었다. 영은 지옥불에 스치기만 해도 소멸되었다. 때문에 아무리 빠르게 움직이는 악령이라도 지옥불 근처에는 얼씬도 하지 못했다. 흡혈귀도 영과 마찬가지로 지옥불에 영향을 받는 모양이었다. 그렇다면 이걸로 흡혈귀를 압박할 수가 있었다.

손에 일으킨 지옥불로 흡혈귀를 한쪽 벽으로 몰아갔다. 구석에 몰리자 흡혈귀는 지옥불이 두려워 몸을 부르르 떨었다. 동공이 커다랗게 벌어진 채 바들바들 떨었다. 다리에도 힘이 풀린 듯 풀썩 땅으로 주저앉았다. 그 상태로 심문에 들어갔다.

"넌 정체가 뭐냐?"

여자아이와 내 목소리가 동시에 흘러나왔다. 그 소리를 듣고 흡혈귀가 완전히 기가 죽은 채 사색이 되었다.

"전 흡혈귑니다."

바들바들 떨며 대답했다.

"흡혈귀가 여기는 무슨 일이냐?"

"저 선배님 집에 놀러 온 건데요."

흡혈귀가 벽에 찰싹 달라붙은 채 몸을 떨며 말했다. 그때 머릿속으로 여자아이의 목소리가 들렸다. '재 우리 학교 후배예요.'

"그래? 근데 그냥 온 게 아닐 거다. 누가 널 보냈느냐?"

여자아이와 내 목소리가 동시에 울렸다. 순간 흡혈귀의 표정이 굳어졌다. 그리곤 입을 꽉 다물었다. 뭔가 숨기는 듯한 모습이었다.

“좋다. 요 근래 이 근처에서 흡혈귀의 짓으로 보이는 시신이 몇 있었다. 네가 한 짓이냐?”

“제가 한 거 아니에요.”

흡혈귀가 두려움이 가득 찬 눈으로 말했다.

“사실대로 얘기해라. 네가 한 짓이 아니냐?”

한 발 더 다가섰다. 흡혈귀가 기겁하며 몸서리를 쳤다. 더 이상 갈 데가 없는데도 벽에 몸을 밀치며 부들부들 떨었다.

“정말 제가 한 거 아니에요.”

파랗게 질린 얼굴로 입을 달싹였다.

“정말 네가 한 짓이 아니야?”

“정말 아니에요.”

계속 머리를 저었다.

“아니라고? 사실대로 얘기해라.”

“저 정말 아니에요.”

흡혈귀의 앞으로 한발 바싹 다가섰다.

“아까 여기 온 이유도 거짓말하지 않았냐.”

낮은 소리로 말했다. 흠칫하는 흡혈귀에게 지옥불을 들이댔다.

"사실대로 얘기해라. 네가 죽이지 않았냐?"

"아니에요. 여기 온 이유는 거짓말을 했지만 사람은 죽이지 않았어요."

심하게 도리질을 했다.

"흡혈귀가 사람을 죽이지 않았다는 말을 믿으라는 거냐? 다시 한번 묻겠다. 네가 죽였나?"

"아니에요. 내가 아니에요."

지옥불을 피하려는 듯 더 뒤로 몸을 숨기며 흡혈귀가 몸서리를 쳤다. 그걸 보고 더 바싹 다가갔다.

"좋다. 그럼 사람은 네가 안 죽였다고 하자."

그 말에 흡혈귀가 겨우 안도하는 표정이 되었다.

"하지만 여기 온 이유는 네 입으로 거짓말이라고 했다."

그 말에 흡혈귀의 낯빛이 돌변했다.

"누가 널 보냈냐? 여긴 왜 왔냐? 대답해라. 대답하지 않으면 널 소멸시키겠다."

바싹 다가서며 흡혈귀의 코앞에 지옥불을 들이댔다. 코앞까지 다가온 지옥불에 흡혈귀가 비명을 지르며 도망가려고 몸부림을 쳤다.

"대답해. 여긴 왜 왔어? 누가 널 보낸 거야?"

흡혈귀는 바로 눈앞에 다가온 지옥불에 공포로 정신이 나간 듯 보였다. 눈이 커다랗게 벌어진 채 덜덜덜 떨었다. 일렁이는 지옥불이 흡혈귀에게 거의 닿을 듯했다. 여자아이는 내 말에 따라 몸을 움직이고 있지만 어쩔 줄 몰라 하는 얼굴이었다.

흡혈귀가 대답을 안 하자 거의 얼굴에 닿을 듯 지옥불을 가까이 들이댔다. 그러자 흡혈귀가 새된 비명을 지르며 몸부림을 쳤다. 그 순간 검은 그림자가 등 뒤를 덮쳤다. 재빨리 몸을 옆으로 피했다. 뒤를 돌아보는데 달콤한 향기가 코끝에 스며들었다. 한 발 뒤로 물러서며 정신을 차리고 보니 화정 차사가 흡혈귀의 앞을 가로막고 있었다. 그 등 뒤에 붙어 흡혈귀가 바들바들 떨고 있었다.

"해수씨. 잠깐만. 잠깐만."

화정 차사가 유혹하듯이 손을 흔들었다.

"무슨 일이야?"

한 걸음 떨어진 채로 물었다.

"무슨 일은? 우리 애 보러 왔지."

그러면서 흡혈귀의 어깨를 토닥거렸다.

"우리 애?"

"내가 키우잖아."

화정 차사가 살랑살랑 웃으면서 말했다.

"뭐라고?"

"애 내가 키우는 애야. 내가 저번에 그랬잖아. 애완동물 키운다고."

"뭐? 그 애완동물이?"

"응. 뭐 생각했어?"

화정 차사가 흰 이를 보이며 생긋 웃었다.

"설마 내가 개나 고양이 키울 거 같아?"

"아니 얘는?"

"저승사자가 웬 편견이래?"

화정 차사가 뚱한 표정을 지었다.

"한번 생각해 봐, 해수씨. 내 나이가 몇인데."

"아니 그게."

"그러니까 개나 고양이를 어떻게 키워. 얘 정도나 돼야 키우지."

화정 차사가 눈을 흘겼다. 그제야 손에서 일렁이는 지옥불을 껐다. 화정 차사의 등 뒤에 딱 붙어 숨어 있던 흡혈귀가 몸서리를 치며 나왔다.

"언니. 무서웠어요."

몸을 부르르 떨며 울먹이면서 화정 차사에게 달라붙었다.

"언니."

흡혈귀가 화청 차사의 품으로 뛰어들어 펑펑 울었다. 화정 차사가 이제 괜찮다는 듯 흡혈귀의 등을 쓸어주고 있다.

"해수씨. 요새 일어나는 일 얘 아냐."

"진짜야?"

"응. 그리고 얘 내가 보냈어."

"응? 뭐?"

"해수씨, 파트너가 어떤 앤지 알아보려고 내가 보냈어."

"그런 거였어?"

아 하는 순간 여자아이와 내가 분리되었다. 여자아이가 한 발을 내디디며 비틀했다. 여자아이가 화정 차사를 보며 물었다.

"저, 이 분은?"

"인사해. 나랑 같이 일하는 화정 차사."

"아, 그 말씀하신 친구분의…"

여자아이가 문규를 떠올리는 듯 물었다.

"응."

"해수씨, 왜 그런 얘기는 해가지고."

화정 차사가 눈을 흘겼다. 여자아이가 꾸벅하고 인사를 했다.

"예, 안녕하세요."

여자아이가 한 발 다가서려고 했다.

"야, 너 너무 가까이 가지 마."

"예? 왜요?"

"재 서큐버스야."

"예? 서큐버스는 몽마 그 맞죠?"

여자아이가 눈을 굴리며 물었다.

"어. 근데 쟤 지금은 저승사자야."

"예?"

여자아이가 놀란 듯 화정 차사를 쳐다보았다.

"아, 있어. 그냥 됐어. 설명하려면 길고 골치 아파."

그러면서 화정 차사를 향해 돌아섰다.

"자세히 얘기해 봐. 뭐 어떻게 된 거야?"

"해수씨. 매너 진짜 없다."

화정 차사가 살짝 얼굴을 찡그리며 손을 살랑살랑 내저었다.

"해수씨, 그럼 안 돼. 그거 매너 아냐."

"아, 빨랑 설명해 봐."

"설명할 거 뭐 있어. 다 얘기했잖아. 얘 내가 키우는 애고."

"뱀파이어는 그때 대숙청 때 다 없어졌다며?"

"얘 내가 묻어놨잖아."

"뭐?"

"얘 내가 드라큘라와 패밀리어 깨려고 내가 땅속에 2백 년 동안 묻어뒀잖아."

화정 차사가 샐쭉해진 얼굴로 설명했다.

"그래서?"

“그래서 얘는 대숙청 피한 거지. 가사 상태니까 드라큘라와 패밀리어 공생도 끊어졌고, 얘 어딨는지 찾지도 못하고, 얘 땅속에 있으니까 보이지도 않고. 그래서 대숙청 때 살아남은 거야.”

“그럼 지금 얘랑 드라큘라 둘밖에 없는 거야?”

“어. 내가 알기론 그래. 드라큘라가 또 만들었으면 몰라도.”

“얘가 또 만들었을 수도 있잖아.”

“얘는 내가 보고 있었다니까. 이번 사건 얘 아냐. 얘는 내가 보는 앞에서만 피 빨아.”

화정 차사가 흘끔 흡혈귀를 보며 말했다. 흡혈귀는 멍한 눈으로 여자아이를 쳐다보고 있었다. 여자아이가 그 옆에 서서 묻고 있었다.

“너 흡혈귀 맞아?”

“네. 언니.”

흡혈귀가 작은 소리로 속삭이고 있었다. 헐. 여자아이가 놀라서 얼이 빠진 얼굴이 되었다.

“그럼 지금까지 내가 흡혈귀랑 같이 놀았단 말야.”

“미안해요, 언니. 미리 말하려고 했는데.”

“너 그래서 햇빛도 피하고 다닌 거니?”

“네.”

“양산도?”

"네."

흡혈귀가 순순히 인정했다.

"그래도 햇빛이 조금은 들어가지 않냐?"

"선크림 바르고 다니잖아요. 요새 선크림 좋더라고요."

흡혈귀가 생긋 웃자 여자아이가 자기의 목을 손으로 잡았다. 눈빛이 두려움으로 가득 차 있었다. 그걸 보고 흡혈귀가 말했다.

"언니는 안 문다니까요."

"그걸 어떻게 믿어?"

여자아이가 펄쩍 뛰었다. 그러자 흡혈귀가 화정 차사를 가리키며 말했다.

"언니가 물지 말라고 해서 저 못 물어요."

억울하다는 듯이 말했다. 그런 소리를 하는 사이 여자아이가 슬금슬금 뒤쪽으로 물러나고 있었다. 혹시라도 옆으로 다가올까 봐 걱정스러운지 흡혈귀한테 저쪽으로 가라고 손짓을 했다. 둘이서 그러는 걸 보고 있다가 화정 차사를 돌아보았다.

"근데 얘는 왜?"

"말했잖아. 해수씨, 파트너가 누군지 궁금했다고. 그렇다고 내가 바로 보러 올 수도 없고 해서 얘 시킨 거지. 근데 얘가 해수씨 때문에 갑자기 죽는다고 난리를 치니까 와봤더니 이렇게 돼 있네."

화정 차사가 다시 샐쭉한 표정을 지었다.

"그래서 어떡할 건데?"

"어떡하긴? 하는 대로 계속해야지."

"그럼 쟤 계속 학교 다니는 거야?"

"응."

"그럼 계속 얘 근처에 있게 할 거고."

손으로 여자아이를 가리켰다.

"응."

화정 차사가 화사한 얼굴로 고개를 끄덕였다.

"그럴 건데. 왜 무슨 문제 있어?"

"저 서류도 다 정리해서 이쪽으로 다 돼 있어요. 그거 다시 옮기려면 엄청 복잡해져요."

흡혈귀가 하소연하듯 바라보며 눈을 깜박였다. 이제 내 손에 지옥불이 없고 화정 차사가 나타나서인지 아까처럼 무서워하는 얼굴은 아니었다.

"야, 그럼 얘가 얘 안 문다는 거 보증할 수 있어?"

"응. 그건 내가 보증할게."

화정 차사가 선선히 대답했다. 그리곤 흡혈귀를 돌아보며 물었다.

"너 안 할 거지?"

"저 언니 안 물어도 돼요."

흡혈귀가 여자아이를 쳐다보며 고개를 저었다. 그런 흡혈귀를 여자아이가 못 믿겠다는 얼굴로 바라보았다.

"너 그럼 배고플 때 어떡할 건데?"

"언니가 정해주잖아요."

화정 차사를 돌아보며 생긋 웃었다.

"뭐?"

"언니가 명부 나오면 저 같이 가서 그 사람 죽지 않을 정도까지 피 빨고 와요. 어차피 그날 죽을 사람이니까 그 사람 피 빨면 돼요."

흡혈귀의 말에 화정 차사가 그렇다는 듯 고개를 끄덕였다.

"그럼 네가 죽인 사람은 없어?"

"없어요."

"야, 그럼 하나 좀 물어보자. 이번에 나온 시체들을 보면 피를 빨린 거 같은데 목에 상처가 없다. 그거 어떻게 된 거야?"

"아, 그거요?"

흡혈귀가 손을 내저으며 방긋 웃었다. 두려움이 사라지자 애가 잘 웃었다.

"뭐? 그럼 어떡하는데? 피 안 빨아?"

"빨기야 빨죠."

"어디서?"

"목에서요. 저희가 상처를 지우는 방법을 알거든요."

"그래?"

"그죠. 저희도 항상 그렇게 빨았는데 상처 때문에 사람들이 저흴 사냥하니까 표시 지우기 위해서 상처 없애는 법을 알게 됐어요."

"그래?"

"저희 상처 금방 아물잖아요."

"응."

"그걸 사람한테 응용할 수 있어요. 상처를 아물게 할 수 있는 걸 내 몸에도 할 수 있지만 다른 사람한테도 할 수도 있어요. 그 능력을 우리가 익혔어요."

흡혈귀가 까맣고 커다란 눈을 깜박이며 얘기했다.

"그래서 피 빨고 나서 상처를 메워서 안 보이게 하잖아요."

"그러면 다 얘기가 정리가 되네."

흡혈귀의 이야기를 듣고 나자 그제야 시신들의 상태가 이해가 되었다. 머리를 끄덕끄덕하자 흡혈귀가 헤 하고 웃었다. 그 모습이 천상 애의 모습이었다. 뭔가 생각났는지 여자아이가 흡혈귀에게 질문했다.

"그때 네 사주 있잖아."

"네, 언니."

"그거 진짜야?"

“네?”

“진짜 네 사주야?”

“아니죠. 그거 죽은 사람 사주에요. 제가 사는데 주민등록을 바꿔야 하잖아요. 그래서 그걸 제 패밀리어가 죽은 사람의 서류를 바꿔가지고 그렇게 하는 거예요.”

“그럼 그거 진짜 죽은 사람 사주 맞는 거네?”

“네. 그때 깜짝 놀랐어요. 정체 들키는 줄 알았어요.”

흡혈귀가 방긋 웃었다.

“하아.”

여자아이가 한숨을 내쉬었다. 죽은 사람의 사주를 맞췄는데 이걸 좋아해야 돼 말아야 돼 하는 표정이었다. 여자아이는 후배가 흡혈귀라는 게 아직 섬찟한지 내게 작게 속삭였다.

“그럼 저 어떡해요?”

“글쎄. 모르겠다. 일단 커피나 가져와.”

여자아이를 향해 손짓을 했다. 아까 얼핏 첼바 더치 어쩌구 했던 게 떠올랐다. 여자아이가 눈치를 보며 커피를 가지러 방을 나갔다.

10월 23일

혜수

택배가 왔다는 알림을 받고 집 밖으로 나갔다. 문을 열자 앞에 서 있던 백원영이 인사를 했다. 깜짝 놀라 쳐다보았다. 얘가 온다는 연락도 없었는데 웬일인지 뜨악했다.

"어 웬일이야?"

"그냥 놀러 왔어요."

내 반응에도 아랑곳하지 않고 백원영이 택배 상자를 들고 집으로 들어왔다. 뒤따라 들어가며 나도 모르게 목에 찬 십자가 목걸이를 만졌다. 혹시나 해서 하나 구했다. 그럼 백원영이 뱀파이어라는 말을 들었는데 그냥 있을 수는 없었다. 그런 날 보았는지 백원영이 빙글 몸을 돌리며 말했다.

"어제 얘기했잖아요. 언니는 안 문다니까."

그 말에 나도 모르게 찔끔했다.

"언니 이거 어디?"

백원영이 택배 상자를 흔들며 물었다.

"응. 방에."

말하면서 내 방의 문을 열었다. 안에 있던 아기동자가 고개를 들었다.

"이 괴물이야?"

그 소리에 기가 찼는지 백원영이 얼굴을 찡그렸다.

"야, 너 다시 말해봐. 뭐라고? 괴물?"

백원영이 어이없다는 표정을 지었다.

"차사님이 얘기한 괴물이 이거야?"

아기동자가 백원영의 말을 무시하며 턱으로 가리켰다.

"어, 인사해. 여기는 학교 후배 백원영이고, 여기는 아기동자 신장 김개똥."

서로를 소개해 주었지만 기분이 상한 백원영은 흥, 하고 콧방귀를 뀌었다.

"나 참 어이없어서. 300살 넘어서도 기저귀 차고 다니는 거한테 괴물 소리나 듣고."

그 소리에 이번에는 아기동자가 빠직했다.

"야, 이거 컨셉이거든."

양손으로 기저귀를 가리키며 식식거렸다.

"컨셉? 그래 컨셉. 300살 넘어 가지고 아직도 기저귀 차고 있는 주제에."

흥 하며 고개를 돌렸다.

"난 아기동자라서 거기 맞는 스타일로 한 거거든."

"근데 너 말이 짧다."

백원영이 이죽거렸다.

"말이 뭐?"

"너 300살 좀 넘었잖아."

깔보듯 아기동자를 가리키며 손가락을 까딱거렸다.

"그래서."

대들 듯 아기동자가 고개를 쳐들었다.

"나 500살 넘었거든?"

백원영이 손으로 자기를 가리켰다.

"500살은 무슨."

이번에는 아기동자가 이죽거렸다.

"야. 나 1세대야. 드라큘라 백작님에게 직접 물린 초창기 멤버라고."

백원영이 우아하게 손을 흔들었다.

"그걸 어떻게 알아? 증거 있어?"

아기동자가 허리에 손을 짚고 서서 턱을 내밀었다. 그 도발에 백원영이 빠직했다. 갑자기 허공을 향해 "언니." 하고 소리쳤다. 나도 아기동자도 어리둥절해하고 있는데 난데없이 화정 차사가 나타났다. 화정 차사의 모습을 보고 아기동자가 급히 공손해졌다. 얼른 바닥에 엎드려 절을 했다.

“차사님을 뵙습니다.”

하지만 화정 차사는 아기동자에게 눈길 한번 주지 않고 방 안을 휘 둘러보았다. 그리곤 원영을 바라보았다.

“무슨 일?”

목소리가 나른했다.

“재가 제 말 안 믿어요. 언니가 얘기 좀 해주세요.”

백원영이 아기동자를 가리키며 식식거렸다. 그제야 화정 차사가 아기동자를 돌아보았다. 아직도 바닥에 꿇어 엎드린 채 있던 아기동자가 찔끔했다. 아기동자뿐만이 아니었다. 해수 차사와는 다른 모습에 나도 왠지 몸이 굳어졌다. 화사한 미소를 짓고 있지만 뭔가 섬찟함이 느껴졌다.

“무슨 말?”

화정 차사가 백원영을 보고 입꼬리를 올렸다.

“저 1세대잖아요.”

“그치. 1세대지. 그래서 내가 너 이뻐하는 거고.”

그런 소리를 하며 화정 차사가 원영의 머리를 쓰다듬었다. 기분이 좋은지 눈을 살짝 감았다 뜨며 백원영이 볼멘소리를 냈다.

“근데 재가 안 믿어요. 저보다 나이 많다는 거.”

백원영이 투정을 부리며 입술을 비죽 내밀었다. 그때 재빨리 아기동자가 끼어들었다.

"아닙니다. 워낙 어려 보이셔서 그랬습니다."

아기동자는 엎드린 채 필사적으로 소리쳤다. 그러자 기다렸다는 듯 백원영이 허리에 손을 짚으며 쏘아보았다.

"또 맞먹을 거야?"

"아니요."

아기동자가 고개도 들지 못하고 공손하게 대답했다. 그 소리에 백원영이 우쭐해진 모습으로 물었다.

"뭐라고 부를 거야?"

"…원영님."

아기동자가 한 템포 쉬고 나서 대답했다. 감정을 억누르는지 목소리가 살짝 떨렸다. 백원영이 더욱 의기양양한 모습으로 소리쳤다.

"앞으로 조심해. 까불지 말고."

한껏 으스대는 목소리였다.

"네, 알겠습니다."

아기동자가 부들부들 떨리는 목소리로 대답했다. 화정 차사가 싱긋하며 나른한 목소리로 말했다.

"그래. 싸우지 말고 사이좋게 지내."

그러면서 날 돌아보았다.

"혜수? 우리 어제도 봤지?"

화정 차사가 이쪽으로 다가왔다.

"아, 네 안녕하세요."

얼른 고개를 숙였다. 갑작스러운 화정 차사의 물음에 긴장했다. 고개를 들자 화정 차사가 빤히 보고 있다.

"어젠 정신없어서 자세히 못 봤는데. 지금 보니까 혜수도 예쁘게 생겼네. 피부도 예쁘고."

그런 소리를 하며 화정 차사가 내 손을 잡았다. 순간 차가운 칼로 손을 뚫는 듯한 통증이 느껴졌다. "아얏!" 하며 놀라 얼른 손을 잡아뺐다.

"어머. 왜? 아파?"

화정 차사가 깜짝 놀라며 내게 다가섰다. 그리곤 걱정스럽다는 듯 어깨에 손을 얹었다.

"아니 저 그게."

순간 당황해서 허둥거렸다. 방금 손을 잡을 때는 통증이 있었는데 어깨에 얹은 손에서는 따뜻한 느낌이 들었다. 내가 착각했나.

"요새 알바하느라 손을 많이 써서 그런가 봐요."

손을 문지르며 말을 얼버무렸다. 화정 차사가 걱정스러운 표정을 지으며 내 손을 잡았다.

"그래? 얼마나 일을 많이 했길래."

잡은 손을 만지작거렸다. 하지만 아까와 같은 통증은 느껴지지 않았다. 긴장해서 착각한 것일까. 하지만 화정 차사의 손은 따듯한 느낌이 들지만 동시에 섬뜩한 기운이 약하게 느껴졌다.

"나 해수씨랑 친한 사이야."

화정 차사가 싱긋 미소를 지으며 나긋나긋한 목소리로 얘기했다.

"안 그래도 차사님께 들었습니다. 차사님과 친한 분과 사귀는 사이시라고."

"어머. 해수씨가 그랬어? 해수씨는 무슨 그런 얘기까지 하고. 호호호."

화정 차사가 화사한 웃음을 터트리며 내 어깨를 쳤다.

"우리 서로 인사도 했으니까 앞으로 친하게 지내. 우리 원영이랑도 친하게 지내고."

"네."

공손하게 대답했다. 그러자 화정 차사가 몸을 돌려 백원영을 돌아보았다.

"다른 일 없지?"

"네. 언니."

백원영이 기분이 좋은지 쾌활한 목소리로 대답했다.

"그럼 난 가볼게."

화정 차사가 순식간에 모습을 감췄다. 화정 차사가 사라지자 아기동자는 그제야 고개를 들었다. 백원영이 아기동자에게 기세등등하게 소리쳤다.

"봤지? 앞으로 까불지 마."

"보긴. 개뿔."

아기동자가 허공으로 붕 떠오르며 담배를 빼 물었다. 그 모습을 어이가 없다는 듯 백원영이 쳐다보았다.

"야."

"뭐?"

아기동자가 콧방귀를 뀌며 허공에 드러누워 담배에 불을 붙였다. 그리곤 연기를 길게 뿜어냈다. 백원영이 기가 차다는 듯 소리쳤다.

"너 금방 언니 하는 말 못 들었어? 내가 너보다 나이 많다는 거?"

"네네. 늙어서 좋으시겠습니다. 누님."

아기동자가 빈정거리며 담뱃재를 허공에 톡톡 떨었다. 그 모습에 백원영이 더 약이 오른 듯 방방 뛰었다.

"야. 너."

화가 나서 목소리가 바르르 떨렸다. 아기동자가 연기를 뿜으며 손을 내저었다.

"야. 밤이야. 시끄럽게 굴지 마."

허공에 재를 톡톡 털며 핀잔을 주었다.

"저게."

아기동자의 모습에 약이 올라 발을 동동 굴렀다.

"그래서 뭐. 목이라도 물게?"

아기동자가 원영이 쪽으로 목을 쭉 내밀었다. 백원영은 더욱 약이 올라 부들거렸다. 아기동자가 연기를 뿜으며 깐죽거렸다.

"왜 또 차사님 부르게?"

아기동자가 깐죽대었다. 백원영이 이를 악물고 쏘아보았다. 아기동자가 허공에 담배를 비벼끄고는 책상다리를 하고 앉았다.

"너랑 나랑은 신장하고 마물이라고. 종류가 다르다고. 그러니까 나이 어쩌고 대접받을 생각 말라고. 나도 이쪽 차사님 말씀도 있고 하니까 그냥 적당하게 넘어가자고."

그러면서 날 돌아보았다.

"넌 일 안 해? 주말까지 300장 해야 한다며?"

아기동자의 말에 그제야 알바가 생각났다.

"아, 맞다."

얼른 택배 상자를 뜯어 안에서 용지를 꺼냈다. 프린터에 용지를 넣고 부적을 인쇄할 준비를 했다. 그걸 보더니 아기동자가 허공에 붕 뜬 채 말했다.

"용지 많지? 하는 김에 재물 부르는 부적 50장 더 찍어."

아기동자가 프린트를 가리키며 말했다.

"재물 부적은 왜?"

"나도 남는 게 있어야지. 50장 찍어. 내일 순녀한테 가져가라고 할 테니까."

아기동자가 자신의 무당 이름을 말했다. 그러면서 힐끔 원영을 돌아보았다.

"넌 뭐 하냐? 볼일 끝났으면 가. 일하는 데 방해되니까."

그 말에 백원영이 대꾸가 없었다. 화를 억누르느라 고개를 숙이고 있었다. 둘이서 다투는 걸 보며 중간에 끼기가 어정쩡해서 눈치만 보고 있었다. 잠시 후 백원영이 일어서더니 택배 박스에서 남은 용지와 주사를 꺼내 정리를 했다. 그런 원영을 힐끔 보고 있는데 아기동자가 참견을 했다.

"재물 부적부터 프린트해. 저기 있네. 저걸로…"

옆에서 참견하던 아기동자가 말을 뚝 멈췄다. 돌아보니 아기동자가 굳은 채 허공에 둥둥 떠 있다. 그리고 뒤에서 백원영이 환한 웃음을 짓고 있었다. 아기동자의 등에는 룬 문자가 쓰인 부적이 붙어 있었다.

"저거 뭐야?"

부적을 가리키며 내가 물었다.

"얼음 룬이요. 시끄러워 얼려버렸어요."

용지와 주사를 정리하는 척하면서 종이에 얼음 룬을 써 아기동자에게 붙인 것이다. 백원영이 고소하다는 듯 배시시 웃었다. 그걸 보며 내가 머리를 저었다.

"이따 부적에 영기를 불어넣어야 하는데."

참 난처했다. 백원영이 똘망거리는 눈으로 말했다.

"그때 떼면 되죠. 빨리해요. 언니. 룬은 제가 쓸게요."

"응. 그래."

마저 부적을 프린트했다. 그사이 백원영은 바닥에 앉아 종이에 룬 문자를 쓰고 있다. 뱀파이어라 손이 빨라 프린터의 속도가 따라가지 못했다. 그새 뽑아놓은 걸 다 쓰고 프린트가 되는 동안 기다려야 했다. 백원영 덕분에 부적 쓰기가 빨리 끝났다. 부적을 종류별로 정리하고 아기동자에게 붙인 부적을 뗐다. 부적을 떼자 아기동자가 부들부들 떨며 정신을 차렸다. 그리곤 대뜸 소리를 질렀다.

"야. 너."

화가 나서 뒤통수까지 빨개진 채 소리쳤다.

"뭐?"

백원영이 팔짱을 끼며 뻔뻔하게 대답했다.

"그렇게 갑자기 부적을 붙이면 어떡해?"

"그러니까 누가 시끄럽게 하래?"

백원영이 혀를 내밀며 약을 올렸다.

"하여간 저러니 괴물이라고."

"생각 좀 하고 말하지."

백원영이 얼음 부적을 손으로 들어 올렸다. 그러자 아기동자가 흠칫하며 뒤로 물러섰다.

"흥. 아까는 내가 방심하고 있어서 그랬지. 내가 그깟 부적에…"

아기동자는 말을 끝마치지 못하고 굳어졌다. 백원영의 손에 들려 있던 부적이 어느새 아기동자의 이마에 턱 하고 붙어 있다. 백원영이 생긋 웃으며 굳어져 있는 아기동자의 이마에서 부적을 뗐다. 다시 푸르르 떨며 아기동자가 정신을 차렸다.

"야!…"

하고 소리치는 순간 아기동자의 몸이 굳어졌다. 빛처럼 빠른 백원영이 그새 이마에 부적을 붙인 것이다. 다시 떼자 정신을 차린 아기동자가 백원영을 쏘아보았다. 하지만 다시 부적을 붙일까 봐 뭐라고 못하고 째려보고만 있다. 백원영이 혀를 날름거리며 동결 룬을 쓴 종이를 손에서 흔들었다.

"까불지 마."

"그건 뭐야? 부적 같지는 않은데."

구시렁거리며 백원영을 쳐다보았다.

"이거? 룬이야. 주술적인 힘이 있는 문자. 부적하고 비슷하다고 할 수 있지. 너희들 이런 거 안 배워? 교육받을 때."

아, 하며 백원영이 제 머리를 톡톡 쳤다.

“너네 성적 안 좋아서 신장 하는 거라고 했지?”

“…”

아기동자가 발끈한 눈으로 쳐다봤지만 동결 룬이 무서워서 말대답도 못 했다. 대신 내게로 휙 고개를 돌리며 심통을 부렸다.

“부적은?”

그리곤 부적 뒤에 그려진 룬을 보더니 주춤했다.

“이거…”

눈동자가 살짝 흔들렸다. 룬을 보고 겁을 먹은 아기동자를 보고 백원영이 피식 웃었다.

“맞아. 동결. 안 얼어붙으려면 떨어져서 해야 할 거야.”

그 말에 겁을 먹은 아기동자가 부적에 손이 닿을까 조심하면서 영기를 불어넣었다. 긴장을 했는지 후욱 숨을 내쉬면서 백원영을 돌아보았다.

“근데 너네 대숙청 때 다 죽지 않았어?”

“얘기 못 들었어? 난 그때 땅에 묻혀 있어서 살아남았다고.”

백원영이 시큰둥하게 대답했다.

“근데 땅에 묻혀 있었다고 못 찾아? 그럼 다른 뱀파이어들도 땅속에 숨었으면 살았게?”

나도 궁금해서 물어보았다.

"저만 묻혀 있었어요."

"그래. 근데 어떻게 못 찾은 거야?"

"말하자면 긴데, 간단하게 얘기하면 거의 죽은 상태로 깊이 묻혀 있어 못 찾은 거예요."

백원영이 생각에 잠긴 눈으로 허공을 보며 말했다. 그리곤 한동안 말이 없더니 고개를 발딱 들었다.

"아, 언니. 그게 참 언니라고 불러도 되죠? 혜수 언니."

백원영이 생글거리며 쳐다보았다. 처음부터 언니라고 불렀으면서 얘가 별안간 왜 그러나 싶었다. 아기동자가 발끈하는 걸 보고 이유를 알았다.

"야, 왜 재한테는 언니라고 하고, 나한테는 반말인데…요."

아기동자가 따지다가 백원영이 룬을 들어 보이자 얼른 꼬리를 내렸다.

"넌 300살이잖아. 난 500살이고. 네가 나보다 어리니까 반말하지."

백원영이 괘씸하다는 듯 아기동자를 쏘아보았다. 그러자 나도 갑자기 궁금해졌다.

"그럼 나한테는 왜 언니라고 해? 난 18살인데."

"나이가 무슨 상관이에요. 언니는 2학년, 난 1학년. 그러니까 혜수 언니가 언니, 제가 동생인 거죠."

생글생글 웃으며 백원영이 대답했다.

"그럼 나는?"

아기동자가 억울하다는 눈으로 자기를 가리켰다. 백원영이 흥 소리를 내며 팔짱을 꼈다.

"넌 학교 안 다니잖아. 그러니까 나이로 따져야지. 한참 어린 게 어디서. 일이나 해."

그러면서 백원영이 동결 룬이 그려진 종이를 들어 올렸다. 아기동자가 찔끔하며 뭐라고 구시렁거리며 부적에 한 장 한 장 영기를 불어넣기 시작했다.

10월 24일

해수

사무실의 컴퓨터 앞에 다가앉았다. 유럽에서 활동하는 차사들이 보내준 메일을 다시 한번 보고 파일도 꼼꼼하게 훑었다. 첨부파일을 열어 드라큘라의 사진을 보았다. 나이를 가늠할 수 없는 얼굴에 검은색 양복 차림의 모습이었다. 어깨를 덮은 검은색 머리와 흰색 셔츠 때문인지 얼굴이 창백할 정도로 희었다. 생각에 잠겨 턱을 만지고 있는데 어느새 다가왔는지 문규가 뒤에서 어깨를 쳤다.

"야. 네가 한 마리 찾았다며?"

"화정이가 애완동물로 키우는 거라던데. 넌 그런 것도 몰랐냐?"

"몰랐지. 묻어둔 거 꺼낸 게 60년 전이라며? 그럼 나랑 깨진 다음에 꺼낸 건데 그럼 모르지."

문규가 고개를 가로저었다.

"다시 만나잖아. 그런데도 몰라?"

"우린 그런 것까진 얘기 안 해. 서로 프라이버시는 지켜줘야지. 프라이버시."

문규가 근엄한 표정을 지었다. 내가 기가 차서 되물었다.

"그래서 저번에 늦었다고 팀장한테 깨진 건 화정이한테 얘기하고?"

"그건 내 프라이버시. 난 숨길 게 없으니까. 하지만 화정씨 프라이버시는 지켜주는 거지. 감추고 싶은 여자의 비밀을 존중해주는 거지. 난 매너 있는 남자니까."

흠흠 소리를 내며 옷깃을 잡아당겼다. 마치 멋있는 남자는 나야 나 하는 표정이었다. 흘끔 보고는 화제를 돌렸다.

"알아보라고 한 건 알아봤어?"

"알아봤는데 별거 없어."

문규가 책상에 걸터앉으며 말했다.

"기본적인 건 너도 알잖아. 흡혈귀가 무서워하는 건 햇빛, 십자가. 싫어하는 건 마늘. 죽이는 건 심장에 말뚝 박고 목 잘라야 된다. 뭐 그 정도지."

"다른 건?"

"성수 뿌리면 효과 있다는 말도 있는데 확인된 건 아니고. 불에 타면 죽는다고도 하더라고. 근데 옛날 기록이라는 게 정확하질 않으니까. 근래는 대숙청 이후로는 뱀파이어라고는 보이질 않으니 자료가 아예 없네. 소설들뿐이고. 근데 소설에서도 뭐 앞에 얘기한 것들하고 다른 게 없더라고."

아무것도 없다는 듯 문규가 두 손을 펼쳐 보였다. 턱을 괴고 생각에 잠겼다. 유럽에서 요청해 받아본 뱀파이어에 관한 자료도 15~19세기 자료들밖에 없었다. 20세기에 들어서는 초반에 몇 건 이외에는 아무런 자료가 없었다. 팔짱을 낀 채 문규를 바라보았다.

"저번에 보니까 룬도 통하는 것 같던데."

"룬이라. 하긴 룬은 주술적인 힘이 있으니, 태양이나 불의 룬은 뱀파이어에게 통할 수도 있겠네."

문규가 고개를 끄덕였다.

"그래서 어떡할 거야? 십자가라도 하나 가져다주게?"

문규가 빙글빙글 웃으며 쳐다보았다. 화정 차사의 애완동물인 흡혈귀 때문에 신경 쓰인다고 말했더니 하는 소리였다.

"그건 지난번 얘기해줬어. 그거 말고 다른 게 있나 해서 찾아본 거지."

"화정이가 물지 말라고 했다잖아. 그럼 된 거 아냐?"

"그렇긴 하지만…"

그때 문규의 휴대폰에서 알람이 울렸다. 시간을 보고 문규가 일어섰다.

"야. 난 가봐야겠다. 넌 안 가?"

"먼저 가. 난 좀 있다."

"먼저 간다. 수고."

문규가 손을 번쩍 들어 올리고는 몸을 돌렸다. 그리곤 자리로 가서 명부를 챙겨 들고 사무실을 나섰다. 다시 아까 보던 컴퓨터 화면으로 고개를 돌렸다. 드라큘라의 사진 옆으로 백원영의 사진을 띄웠다. 그리고는 골똘히 생각에 잠겨 사진을 들여다보았다.

일을 마치고 한숨 돌리는데 향긋한 커피 향이 코를 스쳤다. 다음 일까지 시간이 있어 여자아이가 있는 곳으로 내려갔다. 가보니 처음 보는 집이었다. 집 안으로 들어서자 거실의 티테이블에 앉아 있는 여자아이와 백원영이 보였다. 여자아이는 나를 보더니 바로 알아보고 인사했다.

"오셨어요?"

그리곤 백원영을 돌아보며 의기양양하게 말했다.

"거봐. 내가 말했지? 바로 오신다고."

"정말이네요. 언니. 차사님, 안녕하세요."

백원영이 신기하다는 듯 여자아이를 쳐다보며 얼른 일어서서 인사를 했다. 내가 주위를 둘러보았다.

"여긴?"

"저희 집이에요."

백원영의 말에 고개를 끄덕이며 테이블의 빈자리에 앉았

다. 그제야 백원영이 따라 앉았다. 그러면서 커피를 들겠냐는 듯 날 바라보았다.

"차사님은?"

"난 여기."

잔을 하나 만들어 손에 쥐었다. 여자아이가 내가 하는 걸 보더니 커피를 한 모금 마셨다. 순간 짙고 풍부한 커피의 향과 맛이 느껴졌다.

"좋네."

만족스러운 탄성에 여자아이가 신이 나서 말했다.

"그쵸? 이게 진짜 오리지널이래요. 이게 그러니까 어디라고 했지?"

여자아이가 말하면서 백원영을 돌아보았다.

"르완다요. 언니. 최초의 아라비카 커피나무에서 그대로 이어져 내려온 나무에서 나온 커피예요."

백원영이 생긋 웃으면서 설명했다.

"그래?"

"그럼요. 이건 거기서 최고급 생두를 진공 포장해서 가져와 10일 전에 로스팅한 거예요."

백원영이 커피에 대해서 잘 아는지 쉼 없이 말했다. 그 얘기를 들으며 여자아이가 커피를 한 모금 마셨다. 그러자 조금 전과 다른 상큼한 신맛이 감돌았다. 우리를 보며 백원영이 다시 생긋 웃었다.

"밸런스가 잘 잡혀서 마실 때마다 살짝 다른 맛이 느껴지실 거예요."

"그러네. 처음에는 바디감이 강하게 느껴졌는데 이번에는 산미가 올라오네."

머리를 끄덕이는 날 보며 백원영이 눈을 반짝였다.

"그쵸? 차사님은 아실 줄 알았어요. 제가 이 로스팅 레벨 맞추느라 얼마나 고생했다고요."

백원영이 뽐내는 듯한 표정을 지었다.

"뱀파이어가 원래 커피를 좋아했나?"

여자아이가 백원영을 보며 머리를 갸우뚱했다.

"사람들보다 후각이 예민해서 맛보다는 향을 좋아해요. 저는 여러 가지 향이 섞여 있어 커피 향을 맡는 걸 좋아해요."

여자아이도 백원영을 멍하니 바라보고 있었다. 같이 놓고 보니 외모로만 보면 백원영이 여자아이보다 훨씬 뛰어났다. 하지만 여자아이는 뱀파이어에게는 없는 생기가 있었다. 백원영은 창백한 피부를 화장으로 가리고 있지만, 별다른 화장을 하지 않은 여자아이의 발그레한 피부는 생기가 넘쳐서 보기가 좋았다. 발그레한 피부에, 커다란 눈, 긴 속눈썹, 오똑한 코, 붉은 입술. 그렇다고는 해도 하나하나 따로 보면 절세의 미인은 아닌데, 여자아이는 어딘가 모르게 눈길을 끄는 매력이 있다. 물끄러미 바라보는 시선을 느꼈는지 여자아이가 돌아봤다.

"저 얼굴에 뭐 묻었어요?"

여자아이의 갑작스런 물음에 뭐라고 대답해야 할지 몰랐다.

"아니 뭐, 큼큼."

갑자기 헛기침이 나왔다. 여자아이가 멀뚱한 눈으로 바라보았다. 그때 여자아이의 손에 들린 커피잔이 보였다.

"거기, 커피, 커피잔."

손으로 가리키자 여자아이가 커피잔을 내려다보았다.

"언제 마실 거야. 마신 지 한참 됐는데."

"아, 마실게요. 마셔요."

여자아이가 커피를 한 모금 마셨다.

씁쓸하면서도 향긋한 커피 향이 스며들었다.

"지금까지 마셔본 것 중에서 제일인데."

백원영을 돌아보며 칭찬했다.

"감사합니다."

백원영이 나와 여자아이를 힐긋 보고는 의미심장한 미소를 지어 보였다. 괜히 멋쩍어 말을 돌렸다.

"그런데 여긴 어떻게?"

"아, 제가 언니에게 같이 놀자고 했어요. 언니 할머니에게도 허락받았어요."

백원영이 생글거리며 대답했다. 고개를 돌려 여자아이를 보았다.

"너 알바 때문에 바쁘다고 하지 않았어?"

"다 했어요. 어제 다 끝났어요."

여자아이가 빼기는 모습으로 대답했다. 내가 되물었다.

"300장을?"

"네. 거기다 개똥이 것 50장까지요."

"대충 한 거 아냐? 부적은 정성인데."

내가 못 미더운 표정을 짓자 여자아이가 아니라는 듯 고개를 저었다.

"아뇨. 대충이라뇨. 이번에는 뒷면에 주사 칠만 한 게 아니라 부적 용도에 맞는 룬을 그려 넣었어요."

눈을 둥그렇게 뜨고 대답했다.

"네가 룬은 어떻게 알고?"

"얘가 알려줬어요."

여자아이가 백원영을 가리키며 말했다. 내가 바라보자 백원영이 생긋 웃었다.

"사실 룬은 얘가 다 써줬어요. 얘 룬 진짜 잘 써요."

여자아이의 말에 백원영이 다시 살짝 웃었다.

"뱀파이어면 룬을 잘 쓸 수밖에 없죠. 사람들이 써놓은 걸

피해 다녀야 했으니까요."

커피를 마시며 백원영이 말했다. 그 말에 내가 고개를 끄덕였다. 유럽에서는 악귀를 막는 데 성물이나 룬을 사용했다. 그러니까 유럽에서 활동했던 뱀파이어가 룬을 잘 아는 것은 어찌 보면 당연한 일이었다. 거실을 둘러보았다. 혹시 모르니 여자아이의 주위에 있으라고 했던 동자가 보이지 않았다.

"개똥이는?"

"형님은 바쁜 일이 있으셔서요."

어디선가 목소리가 들렸다. 소리 나는 곳을 쳐다보자 구석에 쭈뼛거리며 서 있는 장군이 보였다. 백원영에게 주의를 기울이느라 구석에서 기척을 죽이고 있는 장군을 몰랐다. 어쩔 줄 몰라 하며 쭈뼛거리며 서 있던 장군이 백원영을 보고 입이 헤벌레 벌어졌다. 그런 장군을 보더니 백원영이 퉁명스럽게 말했다.

"왜?"

"아뇨. 누님이 너무 예쁘셔서…"

얼굴이 발그레해진 채 몸을 배배 꼬았다. 이제 겨우 나이가 1갑자여서 막내인 장군의 눈에 백원영은 천상의 아름다움으로 보이는 모양이었다. 새침하게 고개를 돌리고 백원영이 커피를 마시는데 그 모습을 장군이 넋을 놓고 쳐다보고 있다. 흠 하며 고개를 끄덕였다. 새삼 왜 그렇게 많은 사람들이 뱀파이어에게 희생되었는데도 뱀파이어가 사라지지 않는지 알 것 같았다. 여자아이에게 고개를 돌렸다.

"집에는 언제 갈 거야?"

"저희 이따 어디 갈 데가 있어서…"

눈치를 보며 여자아이가 머뭇머뭇했다.

"어딜?"

머뭇거리는 여자아이의 모습에 뭔가 심상치 않은 기미가 느껴졌다. 그래서 재차 물었다.

"저희 이따 어디 한 군데 조사 좀 해보려고요. 위험한 건 제가 할 거예요. 언니는 그냥 멀리서 보기만 할 거고요."

곤란해하는 여자아이 대신에 백원영이 대답했다.

"위험한 일? 지난번 그 일이 있고 얼마나 되었다고 위험한 일을 벌여?"

발끈해서 여자아이를 쏘아보았다. 그새 악령들과의 싸움을 잊어버린 것 같았다. 죽을 뻔했던 일을 그토록 쉽게 잊는 것을 보면 왜 인간들의 악행이나 전쟁이 계속 되풀이되는지 알 수 있을 것 같았다. 내 기세에 기가 죽었지만 여자아이는 뭔가 결심한 듯 고개를 들었다.

"제 친구 유리 아시죠?"

"네 단짝이라는 노래 잘하는 애?"

기억을 더듬어 대답했다. 이유리라고 했던가. 여자아이가 고개를 주억거렸다.

"네. 그 유리가 위험한 일에 휘말린 거 같아서요."

"걔가? 자세히 얘기해봐."

"그러니까 그게…"

여자아이의 눈이 잠깐 흔들리더니 어떻게 설명해야 하나 하듯 곤란한 표정이 되었다. 그런 여자아이를 보고 백원영이 입을 열었다.

"그 언니가 저희 아버지 일에 엮인 거 같아요. 드라큘라 백작요."

"드라큘라는 유럽에 있지 않았나?"

"저도 그런 줄 알았어요. 그런데 오늘 유리 언니를 데려간 사람에게서 아버지의 냄새가 났어요."

백원영의 눈이 반짝 하고 빛났다.

"드라큘라라."

씁쓸한 기분이 들어 커피를 한 모금 마셨다.

"그래서 이따 유리를 데려간 데 한번 가보려고요."

말하기 바빠 커피 마시는 걸 잊은 듯 여자아이가 말했다. 내가 휙 돌아보자 여자아이가 얼른 커피를 한 모금 삼켰다. 역시 씁쓸한 맛이 났다. 백원영이 다시 재빨리 끼어들었다.

"말씀드린 대로 가서 살펴보는 건 제가 할 거예요. 언니는 뱀파이어가 기척을 느낄 수 없는 거리에서 기다릴 거고요. 십자가랑 부적, 여기 신장님도 같이 가실 거니까 위험한 일은 없을 거예요."

진지한 표정으로 백원영이 설명했다. 하지만 역시 미덥지가 않았다. 지난번 악귀 일이 있은 지 얼마나 됐다고 드라큘라가 있는 곳에 찾아가겠다니. 휴 하고 한숨을 쉬었다.

"언제 갈 거야?"

"한 8시 정도요."

여자아이의 말에 핸드폰을 꺼내 일정을 보았다.

"장소가 어디야?"

내 물음에 백원영이 장소를 알려주었다. 번화가에서 좀 떨어진 한적한 주택가였다. 고개를 끄덕이며 둘을 보았다.

"8시에 거기서 보자. 그리고 그 부적 가지고 오고."

여자아이가 긴장한 얼굴로 "네." 하고 중얼거렸다.

주위에 어둠이 고요히 내려앉아 있었다. 번화가를 벗어나자마자 여기가 도시인가 할 정도로 인적이 없었다. 멀리 검은 산은 어둠에 싸여 웅크리고 있다. 산책로 옆으로 개천이 흐르고 그 너머로 별장처럼 웅장하고 큰 주택들이 띄엄띄엄 서 있었다. 가로등이 호젓한 길에 커다란 은행나무들이 병사가 도열하듯 서 있다. 바람이 휘휘 불어올 때마다 나무에서 떨어진 낙엽들이 쓸려갔다.

드라큘라의 집은 화강암으로 지어진 3층 주택이었다. 귀를 기울였지만 집에서는 아무런 소리도 들리지 않았다. 여자아이는 안전한 곳에 두고 백원영과 둘이서 그 집으로 다가갔다. 가면서 백원영에게 다시 한번 확인해둘 게 있어 물었다.

“너 패밀리어 깨진 거 맞냐?”

“네. 맞아요. 만일 제가 패밀리어였다면 제가 오는 것을 벌써 알았을 거예요. 아니 그 전에 제가 서울에 있는 것부터 알았을 거고요. 그럼 벌써 찾아왔을 거예요. 근데 아직까지 안 온 거 보면 확실히 패밀리어가 깨진 게 맞아요. 그리고 저도 아버지의 기척을 전혀 못 느껴요. 예전 같으면 아버지와 패밀리어가 어디 있는지 다 알 수 있었어요. 이번에는 유리 언니를 데리러 온 사람을 가까이 보고서야 아버지의 냄새를 맡을 수 있었어요.”

백원영이 작은 소리로 속삭였다. 내가 머리를 끄덕였다. 만일 패밀리어가 안 깨진 상태에서 간다면 돌연 적이 될 수도 있다. 패밀리어는 무조건 드라큘라가 시키는 대로 따를 수밖에 없다. 몸에 기척을 지우는 부적을 갖고 있어 백원영도 보지 않으면 알지 못했다. 하지만 대신 부적을 붙이고 있어 건물 안으로 들어갈 수가 없었다. 그래서 드라큘라의 집 안을 탐색하는 건 백원영에게 맡겨야 했다.

건물 밖을 살펴보는데 여자아이의 친구인 유리가 연습을

하고 있었다. 유리창 너머로 보는데도 유리가 노래를 하니까 몽롱한 기분이 들었다. 옆에서 백원영이 머리를 흔들며 내게 말했다.

"조심하세요. 저 노래에 휩쓸릴 수 있어요."

"이건 뭐야?"

"찬트라고 해요. 원래 영적인 힘이 있는 노래예요. 이건 좋은 쪽으로 쓰면 신앙심을 고취시킬 수 있지만 안 좋은 쪽으로 쓰면 사람을 매혹시키고 조정할 수 있는 힘이 있어요."

백원영이 말했다. 유리는 노래를 부르고 나서 비틀했다. 아마 영적인 에너지의 소모가 심한 듯 보였다. 힘이 드는 듯 옆의 의자에서 잠시 쉬었다가 다시 연습을 했다. 그사이 건물을 살펴보러 갔던 백원영이 돌아왔다.

"제가 환풍구를 열 테니까 그쪽으로 들어오세요."

백원영이 연기처럼 흩어지더니 환풍구를 통해 안으로 들어갔다. 자욱한 연기 속에서 목소리가 들렸다.

"제가 안에서 뒤져볼 테니까 잠깐 밖에 계세요."

그 소리에 밖에서 기다렸다. 잠깐 모습을 감춘 백원영이 다시 나타났다.

"찾았어요. 아버진 지하실에 있어요."

환풍구를 통해서 지하실로 움직였다. 지하실 안의 중앙에 제단이 보이고 그 위에 사람이 누워 있었다. 바닥에는 별 모양의 마법진이 그려져 있다. 앞에 서 있던 드라큘라가 누워 있는 사람에게 다가가더니 그 사람의 목을 물고 피를 빨아들였다. 한참 후 사람의 피를 다 빨아들인 드라큘라가 몸을 일으키고는 괴성을 질렀다. 그새 살아 있는 사람의 힘을 자기 몸에 흡수하고 있었다.

그 소리에 문이 열리며 패밀리어 몇이 들어와 남자를 들고 나갔다. 아직 숨이 붙어 있는 듯 가슴이 들썩거렸다. 하지만 저 상태면 몇 시간이 지나지 않아 숨이 끊어질 것이다. 그 동안 패밀리어들은 피로 흥건한 제단을 닦았다. 그리곤 돌로 된 제단 위에 하얀 천을 씌웠다. 잠시 후 문이 열리며 패밀리어들이 유리를 부축하고 나타났다. 찬트를 하느라 녹초가 된 유리는 비틀거리며 제단 위로 올라가 누웠다. 스스로 하는 걸 보니 한두 번 한 행동이 아닌 듯했다.

유리가 눕는 걸 본 드라큘라와 패밀리어들은 마법진을 둘러싸고 서서 나지막한 목소리로 주문을 외웠다. 그러자 바닥에 그려진 마법진에서 빛이 나기 시작했다. 빛은 허공으로 쫙 퍼지며 점점 강해지고 넓어졌다. 빛이 환하게 퍼지자 드라큘라의 송곳니가 비쭉하게 드러났다. 그리곤 송곳니에서 피가 흘러내렸다. 그 피는 드라큘라가 걸고 있는 목걸이에 떨어졌다. 그러자 목걸이에서 검은색 기운이 뿜어져 나오기 시작했다. 그 검은색 기운은 아래로 내려가며 제단에 누워 있는 유리의 몸을 감쌌다. 검은 기운에서 어둡고 사악한 에너지가 강하게 느껴졌다. 정신을 잃고 누워 있는 유리의 입술이 열렸다. 검은 기운이 스르륵 움직이면서 유리의 입으로 들어갔다. 순간 유리의 몸이 공중으로 점점 떠오르기 시작했다. 패밀리어들의 주문 소리가 커지고 강해졌다. 주문 소리가 극에 달했을 때 허공에 뜬 유리가 눈을 떴다. 부릅떠진 유리의 눈은 흰자위가 하나도 없이 온통 새까만 눈, 바로 악마의 눈이었다.

드라큘라의 목걸이에 떨어지던 피가 서서히 멎더니 뚝 끊어졌다. 뿜어져 나오던 검은 기운도 없어졌다. 마지막 검은 기운이 입술로 들어가자 유리가 눈을 감고 스르륵 제단 위로 내려왔다. 점점 주문 소리가 줄어들더니 이윽고 끊어졌다. 바닥에서 빛을 뿜어내던 마법진의 빛도 사라졌다. 그러자 패밀리어 둘이 양옆에서 유리를 깨워 일으켰다. 유리가 서는데 눈이 보통 사람의 눈으로 돌아와 있었다. 옆에서 백원영이 속삭였다.

"이제 다 끝나가니까 가시죠."

"그래."

둘이서 환풍구를 통해 재빨리 건물을 빠져나왔다. 서둘러서 여자아이가 있는 곳으로 돌아오자 옆에 친구인 장혜원이 함께 있었다. 백원영이 얼른 옆으로 가서 팔을 잡았다.

"언닌 여기 어떻게 왔어요?"

"아니, 그게."

"얘 휴대폰 추적해서 왔어요."

여자아이가 미안한 얼굴로 설명했다. 자꾸 옆을 보니까 장혜원이 이리저리 살피며 물었다.

"누구 계셔?"

"차사님."

그 소리에 혜원이 환하게 웃으며 내가 있는 방향으로 꾸벅 인사했다.

"안녕하세요. 저 전에 뵀었죠?"

신이 나서 떠들었다.

"그때 구해주셔서 감사합니다."

장혜원이 떠드는데 여자아이가 얼른 옆구리를 쳤다.

"야, 그건 벌써 떡볶이 집에서 말했잖아."

"그런가."

눈을 굴리며 고개를 갸웃갸웃하다가 다시 말했다.

"차사님, 그때처럼 얼굴 좀 보여주시면 안 돼요?"

"야, 야. 좀."

여자아이가 장혜원을 말리며 한숨을 푹 쉬었다. 그러거나 말거나 장혜원은 내가 있는 곳을 눈을 빛내며 쳐다보고 있다.

10월 26일

혜수

고풍스러운 샹들리에가 늘어진 거실에 세 사람이 둘러앉아 있었다. 표정이 심각했고 분위기가 무거웠다. 드라큘라의 집을 다녀온 뒤 밤이 늦어 백원영의 집으로 돌아왔다. 건너편에 앉은 저승사자와 백원영은 각자의 생각에 빠져 있었다. 나 또한 유리 생각에 마음이 안 좋았다. 직접 눈으로 보지는 못했지만 오면서 들은 얘기를 떠올려보면 유리는 분명 안 좋은 일에 휘말린 듯 보였다. 마음이 착잡했다. 백원영도 긴장한 얼굴이었다. 아마도 이렇게 가까이 드라큘라가 있다는 것을 알게 되어 그런 모양이었다. 대학살 때 드라큘라가 뱀파이어를 모조리 죽였다고 하는데 아마도 거기에 가족이나 친구가 있는 게 아닐까. 백원영은 화정 차사가 빼돌려 화를 피했다고 했지만 다른 뱀파이어들은 그렇지 못했을 것이다.

이윽고 저승사자가 우리를 돌아보았다.

"일단 확인된 것부터 정리해보자."

그 소리에 생각을 끊고 자세를 고쳐 앉았다. 백원영도 저승사자를 쳐다보고 있다.

"먼저 유럽에 있을 것으로 생각되었던 드라큘라가 여기 있다는 사실."

저승사자가 백원영을 보며 말했다.

"확실히 아버지였어요."

백원영이 그 말에 고개를 끄덕였다. 드라큘라에 대한 분노인지 말하면서 아랫입술을 살짝 깨물었다. 백원영의 확인에 저승사자가 손가락 하나를 접었다.

"그리고 유리가 패밀리어란 팀과 같이 퍼포먼스를 한다는 사실."

그리곤 나를 바라보았다. 이번에는 내가 고개를 끄덕였다.

"네. 패밀리어 퍼포먼스 게스트가 됐다고 유리가 정말 좋아했었는데…"

순간 노래방에서 유리가 좋아하던 모습이 떠올라 가슴이 먹먹해졌다. 내 말에 저승사자가 손가락을 하나 더 접었다.

"그리고 그 패밀리어가 드라큘라의 권속이라는 사실."

다시 백원영을 바라보았다.

"확실해요. 그 눈, 그 냄새는 패밀리어만이 가지는 것이에요."

백원영의 말에 저승사자가 다시 손가락 하나를 접었다.

저승사자가 손가락을 하나씩 접을 때마다 나도 점점 침울해졌다.

"마지막으로 드라큘라가 무엇인가 일을 꾸미고 있고, 그 일에 유리가 관련되어 있다는 사실."

저승사자가 얘기하며 손가락을 하나 더 접었다. 그 소리에 백원영이 고개를 주억거렸다.

"우리가 직접 봤으니까요."

그 말에 저승사자가 심각한 표정으로 고개를 끄덕였다. 그때 뒤에서 돌아다니는 발소리와 뭔가를 만지는 듯한, 부스럭거리는 듯한, 소리가 들렸다. 그 소리를 듣고 저승사자가 고개를 홱 뒤로 돌렸다.

"쟤는 도대체 여기 왜 있는 거야?"

그러면서 짜증나는 듯 혜원을 돌아보았다. 아까부터 혜원이는 거실을 돌아다니며 구경하느라 정신이 없었다. 이리저리 다니며 물건들을 만져보기도 하고, 핸드폰으로 물건을 검색하는지 뭐라고 혼자 중얼거리고 있었다. 내가 보기에도 백원영의 거실에 있는 물건들은 모두 값비싸 보였다. 드라마나 영화에서 봤던 중세 유럽풍의 가구들이 대부분이었다. 저승사자의 언짢아하는 기색에 얼른 고개를 돌리고 말했다.

"혜원아, 늦었는데 너 집에 안 가?"

"안 가. 너네집에서 놀다가 자고 간다고 얘기하고 왔어. 중간고사 끝났잖아."

혜원이가 거실 장식장 앞에 서서 뒤를 돌아보며 말했다.

"난 신경 쓰지 마."

그러면서 뭔가를 검색하는지 장식장 앞에서 폰을 뒤적거리고 있었다. 그리곤 잠시 뒤 휘둥그레진 눈으로 백원영을 쳐다보았다. 놀란 표정으로 장식장을 가리키며 붕어처럼 입을 빠끔거렸다. 그런 혜원을 보며 백원영이 생긋 웃었다.

"맞아요. 언니. 치펜데일이에요. 18세기."

저승사자는 둘을 힐끔 보고는 내게로 눈을 돌렸다.

"드라큘라가 벌이려는 일이 어떤 것인가 하는 건데."

나는 걱정스러운 눈으로 저승사자를 보았다.

"그게 뭔지는 모르지만 유리에게 안 좋은 일이 생긴다는 거지?"

"네. 그땐 그게 잘못 나온 점괘인 줄 알았는데."

나도 모르게 아랫입술을 깨물었다. 푹 한숨을 쉬었다. 저승사자가 다시 한번 되물었다.

"유리가 죽는다고 나왔다는 거지?"

나지막한 목소리로 말했다. 그 말에 고개를 푹 숙였다.

"차라리 그게 틀린 거였으면…"

"흠."

등 뒤에서 혜원이의 목소리가 날아왔다.

"우와. 이거."

고개를 돌려보자 거실 코너에 놓인 화병 앞에서 소리를 지르고 있다. 그것도 검색을 해봤는지 폰을 흔들며 입을 쩍 벌렸다. 모두 자기를 쳐다보자 손사래를 치며 말했다.

"난 신경 쓰지 마."

그러면서 입으로 백원영에게 물었다. '명나라?' 알아봐 주는 게 좋았는지 백원영이 혜원이를 향해 배시시 웃으며 고개를 끄덕였다. 저승사자가 백원영에게 말했다.

"재 이리 오라고 해."

"언니, 이리 오래요."

백원영이 혜원이를 향해서 손짓을 했다. 백원영이 부르자 혜원이가 나? 하듯 손가락으로 자신을 가리키고 있다.

"예. 언니."

다시 불렀다. 그러면서 손으로 자신의 소파 옆자리를 가리켰다. 그러자 혜원이가 백원영의 옆으로 와 앉았다. 그리곤 나와 백원영의 눈길을 따라 저승사자가 앉은 자리를 바라보았다. 그걸 보고 저승사자가 혜원에게 다가가 눈앞을 손으로 훑었다. 그제야 저승사자를 볼 수 있게 된 혜원은 싱긋 웃으며 가볍게 목례를 했다. 그리곤 드디어 볼 수 있게 되었구나 하는 신나는 표정을 지었다.

"넌 왜 온 거냐?"

"아까 학교에서 얘 둘이 수군거리길래 뭔가 일 벌이나 해서 따라와 본 거죠. 유리는 제 친구기도 하고요."

퉁명스러운 목소리로 묻는 저승사자에게 아무렇지도 않은 듯 혜원이가 대답했다. 다시 저승사자가 말했다.

"얘기하는 거 들었지?"

"예."

혜원이가 고개를 끄덕였다.

"유리가 한다는 게 드라큘라와 관련된 일이고. 거기서 유리가 죽는다는 거잖아요."

혜원이의 거침없는 말에 순간 분위기가 어두워졌다. 그러자 혜원이가 날 쓱 쳐다보았다.

"뭘 고민해. 구하면 되잖아."

하고 태평스럽게 말했다.

"하지만 점괘가…"

내가 말을 흐렸다. 여전히 그 점괘가 마음에 걸렸다. 그러자 혜원이가 날 다시 바라보았다.

"너 틀린 적 많아. 지난주에도 수학 숙제 검사 안 걸린다고 했다가 걸려서 늦게까지 하고 갔잖아."

"그건… 그랬지."

"채원이 남친 양다리라고 깨진다고 했는데, 양다린 줄 알았던 애가 사촌이었잖아."

"그것도…"

머뭇거리며 대답했다. 혜원이가 의기양양해진 얼굴로 고개를 들었다.

"더 말해줘? 대길이라고 느긋하게 매점 갔다가 피자빵 다 팔려 못 먹은 거. 지각하고 뒷문은 안 걸린다고 했다가 학주에게 걸린 거. 인생템 만난다고 쇼핑몰 갔다가 꽝 된 거."

"야. 그만 그만."

손을 들어 혜원이의 말을 막으려고 했다.

"언니, 그렇게 안 맞았어요?"

실망한 표정으로 백원영이 나를 바라보았다. 백원영의 말에 더 당황해서 손을 내저었다.

"아니, 그니까 그게 그날그날 다르니까…"

"그러니까 네 점이 100% 맞는 건 아니잖아. 이번에도 틀렸나 보지. 유리가 죽는다고 정해진 건 아니잖아."

혜원이가 말하면서 의미심장한 눈빛으로 저승사자를 바라보았다.

"뭐 죽는 거야 명부가 나오기 전까지 알 수 없는 거지. 유리 명부가 나온 건 아니니까."

저승사자가 그 말에 수긍이 간다는 듯 고개를 끄덕였다.

"봐. 차사님도 모른다고 하시잖아. 그러니까 틀린 점괘일 수도 있어. 우리가 유리 구해서 틀리게 만들어도 되는 거고.

차사님도 도와주실 거죠?"

혜원이가 저승사자를 보며 말했다. 그 소리에 나와 백원영도 동시에 저승사자를 바라보았다.

"일단 드라큘라에 대한 건 보고해야 하니까. 보고하면서 어떤 일을 벌이는지 알아봐야지. 예전에도 비슷한 일이 있었는지."

혜원이의 말에 무겁게 가라앉았던 분위기가 희망적으로 바뀌었다. 거실의 고풍스러운 시계가 새벽 2시를 알렸다. 이제껏 얘기에 몰두하느라 졸린 줄도 몰랐다. 그제야 졸리고 하품이 나왔다.

"새벽 2시네요."

"오늘은 여기까지 하고 내일 다시 얘기하자."

저승사자가 자리에서 일어섰다. 그리곤 인사를 하고는 금세 사라졌다. 그러자 혜원이가 나를 돌아보았다.

"우리도 갈까?"

"잘 가."

혜원이를 향해서 손을 흔들었다.

"너 안 가?"

혜원이 날 돌아보았다.

"나 오늘 여기서 잔다고 할머니한테 말하고 왔어."

얼른 소파로 가서 몸을 묻었다. 소파가 어찌나 크고 넓은

지 굳이 방에 가서 잘 필요가 없을 듯했다. 혜원이가 황당하다는 눈으로 쳐다보고 있다.

"야. 나 너네집에서 잔다고 했는데."

"언니도 자고 갈래요?"

백원영이 생긋 웃으며 혜원이에게 물었다.

"그래도 돼?"

"네. 남는 방 많으니까 자고 가셔도 돼요."

"잘됐다. 가기 귀찮았는데."

혜원이가 백원영을 돌아보며 말했다. 그리곤 씻으려고 하는지 후다닥 사라졌다. 씻고 자려면 일어나야 하지만 몸도 무겁고 마음도 무거웠다. 생각이 파도처럼 계속 밀려왔다. 혜원이의 말을 듣고 희망적인 마음이 들기는 했지만 앞으로 어떻게 될지 막막했다. 이마에 손을 얹고 비몽사몽 생각에 빠져 있었다.

아침에 뭔가 부딪치는 소리에 눈을 떴다. 낯선 풍경에 놀라 얼른 주위를 돌아보았다. 고풍스러운 침실이었다. 어제의 일이 기억나며 백원영의 집에서 잔 것이 생각났다. 푹신한 침대는 튼튼한 쇠기둥이 받치고 있고 앞에 실크 휘장이 늘어져 있다. 휘장을 젖히고 일어나 슬리퍼를 찾아 신었다. 크림색의 방은 우아했고 아래층 거실처럼 치펜데일의 가구들로 꾸며져 있다. 어젯밤 검색을 하던 혜원이의 입이 쩍 벌어지던 게 떠올랐다. 우아한 화장대의 놋쇠 거울이 아침 햇살에 빛나고 있다.

문밖에서 챙강챙강 뭔가 부딪치는 소리가 연달아 들렸다. 슬리퍼를 끌고 방을 나섰다. 복도를 따라 걷자 눈앞에 우아한 대리석 계단이 내려다보였다. 침실이 2층에 있어 1층으로 내려가자 거실에서 쇠가 부딪치는 소리와 기합 소리가 들렸다. 눈앞에 검을 들고 대련하고 있는 혜원이와 백원영의 모습이 보였다. 혜원이가 내지르는 검을 백원영이 가볍게 넘겼다. 뒤에서 말없이 보고 있자 백원영이 혜원이에게 검을 내지르는 동작을 다시 해보라고 시켰다. 그리곤 자세를 고쳐주었다. 한동안 연습한 듯 혜원이의 앞머리가 땀에 젖어 있다.

"뭐 해?"

기지개를 켜며 다가갔다.

"어, 왔어?"

혜원이가 나를 보며 말했다.

"언니, 일어나셨어요?"

백원영이 날 보며 생긋 웃었다. 혜원에게 다가가며 검을 가리켰다.

"뭐 해?"

"아, 원영이한테 검술 배우려고."

혜원이가 손에 든 검을 들어 보이며 말했다.

"멋있지?"

씩 웃었다.

"이거 진짜야?"

내가 혜원이가 들고 있는 검을 손으로 만졌다. 검신이 차가웠다.

"응. 진짜야. 들어봐."

혜원이가 검을 건네주며 말했다. 들어보니 칼의 무게가 묵직했다. 좀 전에 혜원이가 한 것처럼 칼을 앞으로 내질러보았다.

"멋있냐?"

혜원이를 쓱 돌아보았다.

"뭐, 그런대로. 나보다는 못하지만."

혜원이가 싱긋 웃었다. 이번에는 백원영이 한 것처럼 칼을 돌려보았다. 원영이가 할 때는 쉬워 보였는데 칼의 길이와 무게 때문에 쉽지가 않았다.

"연습용이에요. 날이 없어 베이진 않아요."

백원영이 옆으로 다가와서 말했다. 고개를 끄덕이며 칼을 들어 무게를 가늠해보았다. 그때 집에서 일하는 아줌마가 걸어오더니 물었다.

"아침 식사는 어떻게 할까요? 아가씨."

그 소리에 백원영이 혜원이와 나를 돌아보며 물었다.

"아침 식사 어떤 거로 하실래요?"

"난 간단하게."

"간단하게? 시리얼? 팬케이크? 아니면 토스트에 오믈렛 어때요?"

백원영이 눈을 깜박이며 되물었다.

"응. 토스트에 오믈렛."

내가 고개를 끄덕였다. 백원영이 알았다는 듯 싱긋 웃으며 혜원이를 보았다.

"언니는요?"

"난 좀… 아침부터 몸 풀었더니 배고프네. 고기 종류는 없어?"

혜원이가 이마의 땀을 훔치며 말했다.

"고기요? 고기면… 언니 스테이크 드실래요?"

그 소리에 혜원이가 반색하며 입이 죽 찢어졌다.

"응, 좋아. 스테이크."

"굽기는? 미디엄 웰던?"

"응."

아침부터 고기를 먹는 것에 신이 난 혜원이가 크게 고개를 끄덕였다. 백원영이 싱긋 웃으며 아줌마를 돌아보았다.

"아줌마, 들었죠?"

"네. 토스트에 오믈렛 하나랑 스테이크 미디엄 웰던으로 하나요."

얘기하며 메모를 했다.

"준비할 테니 씻고 내려오세요."

아줌마가 백원영에게 공손하게 말한 뒤 주방으로 사라졌다. 남은 세 사람은 씻으러 2층으로 향했다.

샤워하고 식당에 들어서자 백원영과 혜원이가 기다리고 있다. 혜원이는 고기를 먹는다는 말에 서둘러 씻고 내려온 눈치였다. 백원영은 땀을 흘리지 않으니까 옷만 갈아입고 온 모양이었다. 내가 자리에 앉자 백원영이 식탁의 벨을 울렸다. 그러자 아줌마가 빵이 담긴 바구니와 소스 그릇을 들고 와 식탁에 내려놓았다. 고소한 빵 냄새에 나도 모르게 손을 뻗었다. 빵 하나를 집어 들자 금방 한 듯 따듯했다.

"와, 이 빵 맛있다."

혜원이가 빵을 소스에 찍어 먹더니 눈이 휘둥그레졌다. 다시 빵을 크게 한 조각 떼서 소스를 듬뿍 찍어 입에 밀어 넣었다. 그리곤 입안 가득 빵을 물고 행복한 표정으로 우적거렸다. 나도 혜원이를 따라 빵을 떼어 소스에 찍어 먹었다. 따끈한 빵의 고소한 맛에 짭짤한 소스가 너무 잘 어울렸다.

"맛있지?"

혜원이가 나를 바라보았다. 입안 가득 문 빵 때문에 말을 못 하고 고개만 끄덕였다. 그리곤 누가 뭐라고 할 새도 없이 둘이 잽싸게 바구니의 빵을 하나씩 낚아챘다. 그런 우리를 보고 백원영이 웃음을 터트렸다. 주방 문이 열리더니 아줌마가 수프를 들고 와서 우리 앞에 내려놓았다. 이토록 맛있는 냄새가 풍기는 수프는 처음이었다. 한 스푼 떠서 입에 넣자 깊은 감칠맛에 나도 모르게 그만 눈을 감았다. 건너편을 보자 혜원이가 숟가락을 입에 문 채 감동한 듯 눈을 반짝이고 있었다.

"수프에 빵을 찍어 드셔도 맛있어요."

아줌마의 말에 나와 혜원이의 손이 번개처럼 바구니로 향했다. 그리곤 2개 남은 빵을 하나씩 낚아챘다. 아줌마의 말대로 수프에 찍어 먹으니 정말 맛있다.

"아줌마. 정말 맛있어요."

내가 번쩍 엄지를 추켜세웠다. 혜원이는 양손에 빵을 들고 아줌마에게 고개를 주억거렸다. 아줌마가 빙그레 웃었다.

"고마워요. 어머, 빵이 없네. 더 갖다 드릴까요?"

우리를 번갈아 보며 물었다.

"네."

둘이서 합창을 했다. 아줌마가 돌아가서 빵을 더 가져왔다. 정신없이 먹다 보니 수프가 바닥이 났다. 그때 아줌마가 메인 접시를 들고 왔다. 혜원이의 앞에는 커다란 스테이크가 담긴 접시가 놓였다. 내 앞에는 토스트와 커다란 오믈렛이 놓여 있었다. 토스트를 한 입 베어 물었다. 바삭하게 잘 구워졌다. 작은 그릇에 담긴 잼과 꿀도 맛있었다. 부드러우면서도 풍부한 맛의 오믈렛에 자꾸 손이 갔다. 혜원이를 보니 커다랗게 자른 스테이크를 우물거리며 행복한 표정을 짓고 있다. 지난번 백원영의 별장에 갔을 때 나온 스테이크만큼 커다랬다. 먹어봐서 어떤 맛인지 알고 있다. 하지만 좀 전에 빵을 정신없이 먹어서 크게 당기지는 않았다.

식사가 끝나자 아줌마가 후식으로 아이스크림을 주었다. 그제야 배도 부르고 앞으로 할 일을 얘기할 정신도 돌아왔다. 나와 혜원이가 아침을 먹는 동안 백원영은 포도 주스만 홀짝거리고 있다.

"오늘 어떻게 할 거야?"

내가 혜원이와 백원영에게 말했다. 그러자 둘이서 나를 바라보았다.

"일단 필요한 것들을 먼저 정해야겠지?"

다시 둘을 번갈아 보면서 아이스크림을 입에 떠넣었다.

"기본적인 게 나무 말뚝이랑 십자가?"

혜원이가 백원영을 보며 물었다. 그 말에 백원영이 고개를 끄덕였다.

"말뚝 박는 건 움직이지 못 하게 하는 거고, 죽이려면 목을 자르거나 불에 태워야 해요. 십자가는 방어하기 위해 필요하고요."

백원영이 주스 잔을 만지작거리며 말했다.

"그치. 그리고 다른 건? 저번에 얘기할 때 룬도 효과가 있다고 했잖아."

지난번 저승사자와 같이 백원영을 몰아붙일 때 부적을 사용한 게 기억나서 얘기했다. 백원영이 다시 고개를 끄덕였다.

"태양 룬이 제일 효과가 있어요. 뱀파이어에게 태양은 천적이니까요. UV 램프도 있으면 좋고요."

백원영이 우아한 손짓을 하며 말했다.

"그럼 필요한 게 나무 말뚝이랑, 칼, 십자가, 룬이나 부적, UV 램프네."

혜원이가 아이스크림을 먹으며 중얼거렸다. 그러면서 머리를 갸웃하며 물었다.

"성수나 은, 소금 같은 건 어때? 아, 맞다. 마늘 냄새 싫어한다고 했는데."

"성수는 효과 있어요. 은은 늑대인간한테 먹히는 거고, 소금은 도깨비 쫓을 때 쓰는 거죠. 마늘 냄새 심한 건 사람들도 싫어하잖아요."

백원영이 그런 소리를 하며 얼굴을 찌푸렸다. 내가 둘에게 말했다.

“그럼 일을 어떻게 나눌까? 나는 부적 만들고, 원영이는 말뚝이랑 칼? 혜원이 너 십자가랑 성수 구해 올 수 있어?”

“응. 민주랑 같이 가봐야지. 걔 천주교잖아.”

혜원이가 빈 아이스크림 그릇을 아쉬운 듯 보며 말했다. 백원영이 벨을 울리자 아줌마가 나타나 다시 아이스크림을 가져다주었다. 새로 온 아이스크림에 신이 나서 혜원이가 싱긋했다.

“UV 램프도 제가 구해볼게요.”

백원영의 말에 내가 고개를 끄덕이며 둘을 번갈아 쳐다보았다.

“그럼 정리가 된 거네. 각자 준비해서 이따 다시 모이자.”

“네.”

“응.”

혜원이가 아이스크림 그릇에 고개를 처박은 채 웅얼거렸다. 그리곤 신이 난 얼굴로 다시 아이스크림을 먹기 시작했다.

10월 27일

해수

G지구의 병원 건물로 들어섰다. 접수대에 누군가 앉아 있고 안이 조용했다. 계단을 이용해 2층으로 올라갔다. 복도를 따라 내려가 한 병실 문을 열고 들어섰다. 병실에는 침대에 기대 누운 환자와 침대 옆 의자에 앉은 동방 팀장이 있다 동방 팀장의 뒤로 조사팀원 하나가 수첩을 들고 뭔가를 쓰고 있었다.

"부르셨습니까? 팀장님."

그 소리에 동방 팀장이 돌아보았다.

"아, 해수 차사. 이쪽으로 오지."

가까이 오라는 듯 손짓으로 불렀다. 그쪽으로 다가가자 동방 팀장이 침대에 기대앉아 있는 환자와 나를 서로에게 소개했다.

"여기는 정해수 차사. 이전에 그쪽하고 비슷한 혼령을 인도해 온 차사네."

"아, 네."

동방 팀장의 소개에 환자가 멍한 얼굴로 고개를 꾸벅했다. 내가 인사하고 난 뒤 동방 팀장을 바라보았다.

"이 환자는?"

"넋이 빠진 상태로 처음 발견된 혼령이네. 좀 전에 정신을 차렸다는 연락을 받고 왔네."

동방 팀장의 설명에 환자를 돌아보았다. 환자는 지금 상황이 이해가 가지 않는 듯 동방 팀장과 나를 번갈아 쳐다보았다.

"설명은 해주셨나요?"

"했네. 하지만 받아들이지 못하고 있다네. 하긴 방금까지 이승에 있었는데 정신 차려보니 저승이라면 나라도 쉽게 받아들이지 못할 거야. 해수 차사가 얘기해보시게. 난 조사팀에만 있었더니 이런 일은 잘 몰라서."

동방 팀장이 곤혹스러운 표정을 지었다. 고개를 끄덕이며 말했다.

"망자 이름이?"

"오명수입니다."

동방 팀장의 뒤쪽에 서 있던 조사팀원이 알려줬다. 이름을 듣고 나서 혼령을 쳐다보았다.

"오명수씨."

이름을 부르자 혼령이 나를 바라보았다.

"마지막으로 기억나는 게 있나요?"

"저는 그냥 클럽에서 놀고 있었는데 정신 차려보니 여기고 또 제가 죽었다고 하는데, 어떻게, 아니죠? 저 죽은 거 아니죠? 여긴 그냥 병원이죠?"

혼령은 자신이 죽은 게 아니라는 것을 확인하려는 듯 필사적으로 매달렸다. 얼굴이 붉게 상기되어 있고 지금 이 상황을 받아들일 수 없다는 듯 심하게 눈을 깜박거렸다. 혼령은 불안하게 병실을 휘둘러보면서 내내 몸을 떨었다. 혼령들이 적응하기 쉽도록 이승과 비슷하게 만든 것이 되려 이럴 때는 반대 효과를 내었다. 난감한 표정을 짓고 있는 동방 팀장에게 고개를 돌렸다.

"어떻게, 잠깐 해도 될까요?"

동방 팀장에게 허락을 구했다. 동방 팀장이 그러라는 듯 고개를 끄덕이자 혼령에게로 다가갔다. 그리곤 재빨리 침대를 통과해서 혼령을 뒤에서 끌어안은 채 그대로 병실 천장을 뚫고 위로 솟아올랐다. 갑작스러운 내 행동에 혼령이 비명을 지르며 버둥거렸다. 쏜살같이 하늘로 치솟다가 허공에서 멈춰 섰다. 그리고는 혼령을 앞으로 밀었다. 혼령은 떠밀려가며 큰소리로 비명을 질렀다.

"오명수씨. 오명수씨."

비명을 내지르며 몸부림을 치던 혼령이 날 보더니 가까이 오려고 허공에서 허우적거렸다.

"일단 진정하세요. 안 떨어지니까."

혼령은 그제야 아래를 내려다보았다. 자신이 떨어지지 않는 게 이상한 듯 나와 밑을 번갈아 보았다. 그러다 뭔가 생각났는지 퍼뜩 자신을 가리켰다.

"네. 운명하셨습니다. 보통은 시신을 직접 보니까 자신의 죽음을 쉽게 받아들이는데 명수씨의 경우는 특별해서 이런 방법을 썼습니다."

혼령은 그제야 자신의 현실을 깨달았는지 눈이 붉어졌다. 그리곤 천천히 고개를 끄떡였다.

"아, 내가 정말 죽은 거구나."

"네."

핸드폰을 꺼내 오명수의 정보를 불러왔다.

"오명수씨는 10월 18일 11시 29분 경기도 도요산 중턱에서 운명하셨습니다. 사인은 과다출혈에 의한 심장마비. 시신이 땅속에 묻혀 있어 아직 장례는 치르지 못한 상태네요."

혼령은 자신이 죽었다는 걸 깨달은 충격으로 아무 말도 하지 못하고 있었다. 손으로 입을 틀어막은 채 멍하니 있었다.

"올라온 김에 여기서 잠깐 얘기나 할까요?"

"네. 무슨?"

혼령이 아직 충격에서 벗어나지 못한 얼굴로 물었다.

"마지막으로 기억나는 게 클럽이었다고 하셨는데, 좀 더 자세한 얘기를 들을 수 있을까요? 같이 간 사람이 누군지. 거기서 만난 사람이 있는지 같은 거요."

그 소리에 혼령의 눈이 기억을 더듬듯 허공을 헤매었다. 그리곤 잠시 뒤 입을 열었다.

"친구 생일이라 친구 여친이랑 다른 친구들하고 같이 갔었어요. 그리고 거기서 여자들만 온 팀이랑 같이 어울렸는데. 그 뒤로는 생각이 안 나네요."

혼령의 얘기를 들으며 핸드폰에 메모를 했다. 다 적고 나서 고개를 들었다.

"같이 어울린 여자들에 대해 기억나는 게 있습니까?"

"비주얼이 장난 아니었어요. 춤도 엄청 잘 추고. 그래서 분위기도 죽여줬었는데."

우울한 얼굴로 말했다. 그 대답에 짚이는 게 있어 폰에 사진을 띄워 보여주었다.

"혹 여기 사진에서 아는 사람이 있나요?"

혼령이 건네주는 휴대폰을 받아 들었다. 그리곤 사진을 넘기며 하나하나 살펴보았다. 그러더니 소리쳤다.

"이 사람. 이 사람이었어요. 어, 이 사람도."

한 사진에서 멈추었다. 이어 다른 두세 명의 사진도 알아보았다. 고개를 끄덕이며 혼령에게서 폰을 넘겨받았다.

"네. 감사합니다. 그럼 내려갈까요?"

"네. 그런데 어떻게…"

혼령이 아래를 보며 흠칫했다. 처음이라 내가 혼령의 팔을 잡고 살짝 병원의 지붕에 내려앉았다. 어느새 동방 팀장과 조사팀원도 지붕에 올라와 있다. 내려서는 우리를 보더니 동방 팀장이 가까이 다가왔다. 조사팀원은 혼령을 인도해서 병실로 내려갔다.

"그래, 뭐 좀 알아내셨나?"

"드라큘라의 짓이 분명합니다. 드라큘라 권속의 사진을 확인했습니다."

그러면서 동방 팀장에게 혼령이 확인해준 사진을 보여주었다.

"흠 드라큘라라. 한국에 있는 것을 확인하셨다고…"

"네. 화정 차사의 흡혈귀가 확인한 것이니 틀림없습니다. 게다가 대숙청 이후 다른 흡혈귀는 존재하지 않으니 드라큘라가 확실합니다."

그 말에 동방 팀장이 고개를 끄덕였다. 그러더니 입을 떼었다.

"그리고 자네 보고로 봤을 때 드라큘라가 뭔가 일을 꾸미고 있다는 건데."

"예."

머리를 주억거렸다.

"그 아이의 친구가 관여되어 있다고."

"예."

다시 머리를 끄덕였다. 어제 여자아이의 말이 생각나 기분이 찜찜했다.

"그 아이 성격으로 보면 분명 친구를 구한다고 달려들 것 같습니다."

"자넨 어떻게 할 생각인가?"

내 생각을 알아보려는 듯 동방 팀장이 고개를 돌리고 빤히 쳐다보았다. 선뜻 대답을 할 수가 없었다.

"그 아이가 위험한 일을 벌이지 않기를 바랄 뿐입니다."

말하면서 바닥을 내려다보았다. 동방 팀장은 건물 끝으로 걸어가 난간을 짚고 서서 풍경을 바라보았다.

"차사는 이승의 일에 관여해서는 안 되는 것이 규칙이지. 명부가 발부된 이상 천수를 누리든, 사고를 당하든, 사람이나 짐승에게 당하든 관여해서는 안 되네. 사람을 해치는 마물이라 하더라도."

그 말에 고개를 끄덕였다. 동방 팀장은 혹시나 내가 드라큘라의 일에 관여할까 봐 걱정되었는지 돌려 말을 했다. 차사는 어떠한 경우에도 이승의 일에 관여해서는 안 된다. 그건 여자아이가 눈앞에서 위험에 빠지더라도 마찬가지였다. 그것이 천기를 어지럽히지 않는 한 차사는 관여해서는 안 되었다. 평소에는 그렇게 생각하고 있었지만, 여자아이를 떠올리자 마음이 복잡해졌다. 그런 마음을 눈치챘는지 동방 팀장이 낮은 목소리로 이어 말했다.

"우리에게 허용된 것은 천기가 어지러워지면 바로잡기만 할 뿐. 그 외에는 개입해서는 안 되네."

"그저 그 아이가 위험한 일을 벌이지 않기만 바랄 뿐입니다."

답답한 마음에 같은 말을 한 번 더 되풀이했다. 그렇게 말했지만 그동안 보아온 여자아이는 천기와 상관없이 친구를 구하겠다고 나설 성격이었다. 그 상대가 드라큘라라 할지라도 달려들 아이였다. 답답한 마음에 묵묵히 경치를 바라보았다. 마음이 복잡해서인지 눈에 풍경이 잘 들어오지를 않았다.

여자아이를 찾아 백원영의 집으로 향했다. 거실 바닥에 부적들이 쌓여 있고 아기동자와 장군 신장이 영기를 불어넣고 있었다. 나를 보더니 아기동자가 고개를 까딱했다.

"차사님, 오셨어요?"

"차사님을 뵙습니다."

아기동자와 달리 장군 신장은 벌떡 일어서서 90도로 인사했다. 안을 둘러보며 아기동자에게 물었다.

"뭐 해?"

"부적 작업하고 있었어요. 흡혈귀랑 싸우신다면서요?"

아기동자가 입으로 영기를 불어넣으며 말했다. 역시 여자아이는 친구를 구하러 갈 생각인 모양이었다. 그때 방에서 프린트한 부적을 들고나오던 여자아이가 나를 보고 인사했다.

"아, 오셨어요?"

여자아이는 아기동자와 장군 앞에 부적을 내려놓고 반가운 얼굴로 다가섰다.

"알아보신 일은 어떻게 되었어요? 전에도 이런 일 있었대요?"

숨도 안 쉬고 계속 물었다. 얼굴이 호기심으로 가득했다. 그때 현관문이 열리고 장혜원이 커다란 물통과 묵직한 배낭을 메고 들어왔다. 그러면서 안을 향해 소리쳤다.

"이거 어디다 놔?"

"언니, 그걸 여기 가지고 오면 어떡해요?"

멀리서 날카로운 백원영의 목소리가 들렸다.

"이거 왜?"

장혜원이 멀뚱거리는 얼굴이 되었다.

"뱀파이어 집에 십자가랑 성수 가지고 오면 어떡하냐고요."

신경이 바짝 곤두선 원영의 목소리가 다시 날아왔다.

"아, 그렇지."

장혜원은 그제야 백원영이 예민한 이유를 알게 된 것 같았다. 다시 뒤돌아서서 문을 열었다.

"그럼 이거 전철역 보관함에 넣어둬야겠다. 나 갔다 올게."

그런 소리를 하고는 집을 나섰다.

"갔다 와."

여자아이가 장혜원의 뒤통수에 대고 소리를 쳤다. 문이 닫히는 소리를 듣더니 다시 내게로 몸을 돌렸다.

"그래서 어떻게 되셨어요? 전에도 이런 일 있었대요?"

여자아이는 내가 자신의 모든 문제를 해결해 줄 것이라고 생각하는지 반짝반짝 빛나는 눈과 기대에 찬 표정으로 재차 물었다. 행여 위험한 일은 벌이지 않기를 바라고 있었는데 내 기대와 반대로 행동하는 여자아이에게 화가 치밀었다.

"넌 지금 네가 벌이는 일이 얼마나 위험한 일인지 알고 하는 거냐?"

나도 모르게 목소리가 높아졌다. 그 서슬에 찔끔하고 여자아이가 뒤로 물러섰다.

"그거야…"

바로 대답을 못 하고 머뭇거렸다.

"저번 일이 있은 지 얼마나 지났다고 벌써 또."

그때 일을 떠올리자 나도 모르게 감정이 격해졌다. 울컥한 감정을 추스르려고 잠시 말을 멈추고 눈길을 돌렸다. 안 좋은 분위기를 눈치챈 아기동자와 장군이 조용히 일어나서 스르륵 벽을 통해서 빠져나갔다. 내 서슬에 여자아이는 주눅이 들어 있다.

"저번에 봤지? 원영이라는 아이만 해도 겨우 잡았는데, 이번에는 드라큘라에 다른 흡혈귀도 몇이나 있을지 몰라. 그런 데를 제 발로 들어간다고?"

"아니, 드라큘라야, 아니, 다른 흡혈귀도…"

순간 여자아이가 당황해서 말을 잇지 못했다.

"그리고 그날 본 드라큘라의 의식은 기록에도 없는 거라고 해. 드라큘라가 어떤 일을 벌일 건지 아무도 몰라. 그런데 거길 들어가서 어떻게 하겠다는 건데?"

"그건 원영이도 있고, 차사님도 도와주실 거고…"

여자아이는 어떤 기대감을 품은 얼굴로 날 바라보았다. 답답해서 거실 한켠에 놓인 의자로 가서 앉았다. 여자아이가 나를 따라왔다. 건너편에 가만히 서 있는 여자아이를 향해 조용히 입을 떼었다.

"나는 이번 일에 개입할 수가 없다."

"네?"

그 말에 여자아이가 깜짝 놀란 듯 눈을 커다랗게 떴다.

"안 도와주신다고요? 어떻게?"

이해가 가지 않는다는 표정으로 다시 물었다. 손으로 가슴을 치고 있다.

"차사는 이승의 일에 개입할 수 없다. 네 친구 일은 안됐지만, 나는 도와줄 수 없다."

"유리잖아요. 모르는 사람도 아니고, 제 친구라고요. 제 친구 유리."

흥분한 얼굴로 손을 내저으며 소리쳤다.

"그래도 어쩔 수 없다. 정해진 운명에 개입해서는 안 되는 것이 저승세계의 규칙이다. 그러니까 너도 위험한 일 벌이지 마라."

차갑고 냉정한 목소리로 말했다. 그 소리에 여자아이가 힘이 빠진 듯 의자에 털썩 주저앉았다. 금방이라도 울음을 터트릴 것 같은 모습이었다. 불쌍하고 안쓰럽지만 현실에 개입할 수 없는 이상 이것이 최선이라고 생각하며 침묵했다. 잠시 뒤 여자아이는 뭔가 결심한 듯 자리에서 일어섰다.

"알겠어요. 도와주시지 않아도 돼요. 하지만 전 유리를 구할 거예요."

그리곤 거실 바닥에 쌓인 부적을 정리하기 시작했다. 여자아이가 위험한 일을 벌이지 않도록 일부러 더 강하게 말을 했지만, 여자아이는 마음을 바꾸지 않았다. 어떻게 해야 할지 몰라 입술이 바짝 마르고, 속이 타들어갔다. 하지만 여자아이는 이런 내 마음도 모르고 고집을 부리고 있었다. 그 모습에 화가 더 치밀어 올랐다.

"지금까지 말한 거 안 들었어? 상대가 안 된다고. 해봐야 소용없다고."

나도 모르게 목소리가 커졌다. 하지만 여자아이는 한마디 대꾸도 없이 부적을 정리하는 손길이 거칠어졌다. 여자아이에게 다가갔다. 바닥에 앉아서 부적을 정리하는 여자아이를 내려다보았다.

"**사람은 언젠가는 죽어.** 안됐지만 이번에 죽는다면 그건 유리의 운명인 거야. 그게 유리의 운명이면 네가 어떻게 한다고 바뀌지 않아. 그러니까 그런 위험한 짓 하지 말라고."

여자아이의 행동에 화가 나 소리를 질렀다. 말이 끝나자 여자아이가 내게로 홱 돌아앉았다. 얼굴이 차갑게 굳어 있다. 화를 억누르는 듯 부적을 쥔 손이 부들부들 떨렸다.

"드라큘라에게 죽는 게 유리 운명이라면, 유리를 구하다 죽는 것도 제 운명이겠죠. 무슨 일이 있더라도 저는 유리를 구하러 갈 거라고요."

여자아이는 날 향해 고래고래 소리를 지르더니 손에 쥔 부적들을 집어던지고 거실을 나가버렸다. 여자아이의 뒤로 거실의 문이 꽝 하고 큰소리로 닫혔다. 심장이 찢어지는 듯 아팠다. 여자아이의 말소리가 웅웅 귓속을 파고들었다. 차갑게 나를 돌아보던 분노에 찬 그 표정이 눈에서 사라지지 않았다. 심장이 미친 듯 쿵쾅거리며 뛰었다. 머리가 어지러워 손으로 짚고 숨을 크게 들이마셨다. 심호흡을 해도 가슴이 쉽게 진정이 되지 않았다. 그때 누군가 다가오는 기척이 났다. 고개를 들자 백원영이 조용히 뒤에 서 있었다.

"화정 언니에게 들었어요. 혹시 도와줄 수 있나 하고 물었더니 차사는 이승 일에 개입할 수 없다고. 그래서 차사님도 언니를 도와주시기 어려울 거라고 생각했어요."

그리곤 거실문을 돌아보았다.

"언니는 차사님이 반드시 자신을 도와줄 거라고 믿고 있었나 봐요. 무슨 일이 있어도 차사님은 도와줄 거라고."

고개를 돌려 나를 보며 백원영이 미소를 지었다.

"지금은 뭐라고 해도 언니에게 안 들릴 거에요. 나중에 언니 감정이 진정되면 다시 얘기해보세요."

백원영이 조용조용하게 얘기했다.

"저 아이 고집은 겪어봐서 안다. 무슨 말을 해도 바뀌지 않을 테지. 그게 저 아이의 운명이라면 나도 어쩔 수 없는 일."

말을 마치고는 돌아서서 집을 나섰다. 등 뒤로 다소곳이 인사하는 백원영의 기척이 났다. 마당으로 나오자 아기동자와 장군이 흠칫했다. 장군이 허리를 굽히며 인사했다.

"차…"

아기동자가 장군의 옆구리를 퍽 치고 목례를 한 다음 재빨리 장군 신장을 끌고 집으로 들어갔다. 돌아보자 마당의 은행나무 잎이 푸스스 떨어졌다. 발치를 덮은 누런 잎들이 찬 바람에 이리저리 쓸려 가고 있다.

10월 28일

혜수

버스가 흔들거리며 달렸다. 떠드는 소리에 돌아보자 우리 반의 몇몇 애들이 보였다. 서로의 핸드폰을 보며 떠들고 있다. 다시 창밖으로 눈을 돌렸다. 어제 내내 부적을 만드느라 늦게 잠이 들어 눈이 깔깔했다. 멍한 눈으로 창밖으로 흘러가는 풍경을 보고 있는데 핸드폰의 알람이 울렸다. 버스 안의 다른 애들의 핸드폰에서도 알람이 울리는 소리가 들렸다.

꺼내 보니 패밀리어 SNS에 할로윈 퍼포먼스 소식이 올라와 있다. 붉은 글씨체의 NEW! 가 연신 깜박였다. 등 뒤에서 뭐야, 뭐야 하는 소리가 났다. 요즘 핫한 이슈라 대부분의 아이들이 팔로우하는 모양이었다. 클릭하자 하얀 드레스를 입은 유리를 중심으로 패밀리어 멤버들이 포즈를 취한 사진이 떴다. 사진 밑으로 퍼포먼스 장소인 클럽 이름과 날짜, 시간이 올라와 있다. 그 사진을 보자 가슴이 쿵 내려앉았다. 드디어 올 것이 왔다! 입술을 꽉 깨무는데 핸드폰을 본 애들이 유리를 알아본 듯 웅성거리기 시작했다. 그리곤 이쪽을 쳐다보는 듯 뒤통수에 시선이 느껴졌다. 우리 반의 어떤 애가 내 쪽으로 다가왔다.

"이거 이유리야?"

핸드폰을 내밀며 물었다. 하는 수 없이 고개를 끄덕였다.

"맞아. 유리."

"헐, 대박."

내 말에 우리 반 애가 놀란 듯 입이 쩍 벌어졌다. 그 뒤에 있던 애들도 덩달아 눈이 커다래졌다. 애가 흥분한 목소리로 되물었다.

"넌 알고 있었어? 유리가 패밀리어 게스튼 거?"

"뭐 그렇게 됐어."

대꾸하며 더 이상 애들의 말에 끼기 싫어 이어폰을 귀에 꽂았다. 이어폰 너머로 왁자지껄 하는 애들의 말소리가 들렸다.

버스가 학교 앞에 서자 냉큼 뛰어내렸다. 서둘러 학교 안으로 들어갔다. 교실 복도에 아이들이 가득했다. 아이들의 틈을 비집고 들어가야 했다. 우리 반에 도착하자 문이고 창문이고 모두 잠겨 있다. 서둘러 앞문으로 가서 문을 두드렸다.

"누구야?"

통명스러운 혜원이의 목소리가 들렸다.

"나, 혜수."

그 소리에 문이 조금 열리더니 혜원이가 날 거칠게 안으로 잡아당겼다. 그리곤 내 뒤를 따라오려는 애들을 밀치고 재빨리 문을 잠갔다.

"봤지? SNS."

"응."

아이들 사이를 비집고 오느라 틀어진 옷을 정리하며 대답했다.

"그때부터 난리야. 미리 문을 잠그지 않았으면… 아! 시끄러워."

문을 두드리는 아이들을 향해 혜원이가 소리쳤다.

"유리는?"

교실 안을 휘릭 둘러보며 내가 물었다. 혜원이가 턱으로 아이들이 몰려 있는 교실 한 켠을 가리켰다. 내가 그쪽으로 다가가자 유리를 중심으로 몰려 있던 애들이 자리를 비켰다. 내가 지나가자 다시 우르르 애들이 몰렸다. 유리는 피곤한지 자리에 엎드려 있다.

"다행이다. 혜수야."

유리 옆에서 애들이 다가오는 걸 막고 있던 채원이와 민주가 반가워했다. 반쯤 울상을 짓고 있던 둘의 얼굴이 그제야 펴졌다. 대화 소리에 유리가 고개를 들고 나를 쳐다보았다.

"혜수야, 왔어?"

파리할 정도로 창백하고 야윈 얼굴이었다. 그 얼굴로 유리는 날 보며 환하게 웃었다. 야윈 탓인지 얼굴은 작아지고, 눈은 더 커졌다. 2~3주 전의 유리와는 사뭇 다른 사람으로 보일 정도로 달라진 얼굴이었다. 왠지 그 모습에 마음이 미어졌다. 얼른 마음을 추스르고 유리의 앞뒤에 둘러서 있는 애들을 돌아보았다.

"뭐 해? 자리로 안 가?"

싸늘한 목소리로 외쳤다. 그 서슬에 애들이 움찔하더니 자리로 돌아갔다. 앞문을 지키고 있던 혜원이가 뒤를 보며 소리쳤다.

"부반장, 네가 여기 애들 좀 막아."

부반장이 일어나 앞으로 가자 교대를 한 혜원이가 우리 자리로 왔다. 앞머리가 흐트러진 혜원이를 보며 유리가 미안해서 어쩔 줄 몰라 했다.

"혜원아, 미안해. 나 때문에."

"됐어."

별거 아니라는 듯 혜원이가 씩 웃어 보였다. 그리곤 고개를 홱 돌려 앞쪽의 부반장에게 소리쳤다.

"선생님 오시기 전에는 아무도 들여보내지 마."

앞문 쪽은 방금 전과 조금도 다르지 않았다. 복도에 있는 애들이 계속 문을 두드리고 있고 어떤 애는 열어달라고 소리치기도 했다. 뒷문 쪽도 누군가 몸을 쿵쿵 부딪치고 있다. 애들의 등쌀에 부반장이 벌게진 얼굴로 허둥거리고 있다. 그걸 보며 나도 혜원이도 고개를 절레절레 흔들었다.

"패밀리어가 핫한 줄 알았지만 이 정도일 줄은…"

"힘들었어."

지친 표정으로 민주와 채원이가 고개를 끄덕였다. 내가 유리를 보았다.

"벌써부터 이러면 앞으로 유리 너 어떡하냐?"

"그러게."

유리가 걱정스러운 얼굴로 대답했다.

"오늘 종일 저러겠지?"

내가 턱으로 복도를 가리켰다.

"그렇겠지."

혜원이가 덤덤한 표정으로 대꾸했다. '우리 어떡해?' 하며 채원이와 민주가 울상을 지었다. 그런 애들을 보며 유리가 미안해했다. 뭔가 골똘히 생각하던 혜원이가 유리를 쳐다보았다.

"유리야. 너 오늘 조퇴해. 선생님한테는 내가 얘기할게. 그리고 너 이번 주는 현장학습으로 할 수 있는지 알아보고 연락 줄게."

"그럴까?"

유리가 창밖을 힐끔거리며 작은 소리로 말했다. 시간이 지나면서 애들이 더 늘어났는지 복도에 웅성거리는 소리가 더 커졌다. 이대로 가다간 오늘뿐만 아니라 이번 주 내내 유리가 애들에게 시달릴 게 뻔했다. 내가 마음을 굳히고 혜원이를 향해 머리를 끄덕였다.

"유리야. 가자."

재빨리 가방을 챙겨 일어섰다. 나를 따라 유리가 가방을 챙겨 일어섰다.

"근데 어디로 가? 유리 집에 가도 안 될 텐데."

채원이가 걱정스러운 표정으로 유리를 보았다. 하긴 밖의 반응을 보면 유리의 집 앞에도 사람들이 몰려 있을 거란 걸 쉽게 상상할 수 있었다.

"안 그래도 엄마한테 연락이 왔었어. 모르는 사람들이 몰려왔다고. 무슨 일이냐고."

유리가 우울한 표정으로 말했다.

"나랑 할머니 집으로 가. 거긴 사람들이 모를 거야."

내 말에 혜원이가 맞장구를 쳤다.

"그게 좋겠다. 혜수랑 같이 가. 선생님한테는 내가 얘기할게."

"응."

혜원이의 말에 유리가 고개를 끄덕였다.

"일단 교문까지는 같이 가."

혜원이가 채원이와 민주를 돌아보며 말했다. 둘은 그 말에 마지못해 고개를 끄덕이며 울상을 지으며 일어섰다. 혜원이가 우리들을 교실 뒷문으로 데려갔다. 그리곤 "잠깐 기다려." 하더니 앞문을 지키는 부반장에게 달려갔다. 귓속말로 뭔가를 얘기하고는 돌아왔다.

"내가 문을 열면 다 같이 뛰는 거야."

그런 소리를 하며 혜원이가 쭈그려 앉아 운동화의 끈을 묶었다. 우리도 그런 혜원이를 따라 다들 신발 끈을 조였다.

"유리야. 이거 써."

민주가 손에 쥐고 있던 모자를 건넸다. 그러자 "이것도." 하며 채원이가 마스크를 건네주었다. 유리가 둘에게서 받은 모자와 마스크를 썼다. 그런 유리를 혜원이가 돌아보며 눈짓을 했다. 유리가 고개를 끄덕이자 혜원이가 문고리를 잡고는 부반장에게 신호를 보냈다. 그러자 앞문을 지키던 부반장이 문을 활짝 열었다. 열린 문으로 애들이 우르르 쏟아져 들어왔다. 한 템포 기다렸다가 뒷문을 열고 혜원이가 뛰어나갔다. 그 뒤를 내가 유리를 끌고 따라갔다. 맨 뒤는 채원이와 민주가 따라왔다. 열린 앞문으로 몰려가느라 복도의 애들은 우리를 보지 못했다. 하지만 뛰어가며 마주친 애들이 유리를 알아보고 소리를 지르자 앞문으로 몰려가던 애들이 돌아보고 쫓아왔다.

내 손에 이끌려가지만 유리는 기운이 없어 빨리 뛰지를 못했다. 앞서가던 혜원이가 돌아와 유리의 한 팔을 잡고 소리쳤다.

"뛰어!"

양쪽에서 나와 혜원이가 끌자 유리가 그나마 뛰는 속도가 붙었다. 복도를 지나 건물을 빠져나왔다. 모두 함께 교문을 향해 달렸다. 하지만 쫓아오는 아이들은 계속 따라붙었다. 겨우 교문을 벗어났지만 아이들은 여전히 따라왔다. 달리는 옆으로 학교의 담이 휙휙 지나쳤다. 뒤를 보자 채원이와 민주가 울상이 되어 애들을 돌아보고 있었다. 대체 어디까지 따라올지 막막한 상황이었다. 그때 차 한 대가 횡단보도를 가로막고 섰다. 재빨리 차의 문이 열렸다. 그 사이로 백원영의 얼굴이 보였다.

"언니, 여기."

원영이가 손짓했다. 정말 구세주가 따로 없었다.

"혜수야."

혜원이가 눈짓으로 조수석을 가리켰다. 그러면서 유리를 뒷좌석에 밀어 넣었다. 그걸 보고 나도 재빨리 조수석으로 올라탔다. 문을 닫자 차가 바로 출발했다.

"원영이 너 때문에 살았다."

유리를 끌고 뛰느라 숨이 차서 어깨를 들썩였다.

"어디로 가요?"

"할머니 집으로."

가쁜 숨을 몰아쉬며 대답했다. 원영이가 재빨리 기사에게 목적지를 알려주었다. 그제야 조수석에 털썩 기대어 숨을 골랐다. 뒷좌석의 유리도 축 늘어져 있다. 약해진 체력으로 달리느라 힘들어했다.

"언니, 여기."

원영이가 생수병을 내밀었다. 손을 내밀어 받아들었다.

"고마워."

생수병을 따서 들이켰다. 이제야 살 것 같았다. 원영이가 이번에는 생수병 하나를 유리에게 건네주고 있다.

"언니도 물 드실래요?"

"응, 고마워. 그런데 누구?"

유리가 생수병을 받아들며 원영과 나를 번갈아 보았다. 누구지? 하는 눈빛이었다.

"저 원영이에요. 백원영. 얼마 전에 전학왔어요. 1학년으로."

원영이가 유리에게 자신을 소개했다.

"아…"

유리가 입술을 달싹였다. 하지만 원영과 내가 어떤 사이인지 몰라 의심스러운 눈으로 쳐다보았다.

"얘네 할머니랑 우리 할머니랑 아는 사이야. 얘 할머니도 그쪽이라 얘기가 잘 통해."

원영의 정체를 얘기할 수 없어 얼른 둘러대었다.

"그런데 전 언니 같은 재능은 없나 봐요. 잘 안 돼요."

의도를 눈치챈 듯 원영이가 맞장구를 쳤다. 그리곤 내게 한쪽 눈을 찡긋했다.

"얘한테 점 보는 거 가르쳐주고 하다 친해졌어."

그 말에 유리가 아, 하며 머리를 끄덕였다. 그제야 내가 원영과 친한 이유를 이해한 듯 보였다.

"그래? 난 몰랐는데."

유리가 나를 보았다.

"너 요새 바빴잖아. 연습하느라."

"아… 하긴 요새 내가 바빴지. 매일 연습만 하느라."

납득한 얼굴이지만 금세 쓸쓸한 표정을 지었다. 분위기가 무거워지자 원영이가 재빨리 끼어들었다.

"언니, 노래 잘하신다면서요? 나중에 저랑 노래방 가요. 언니 노래 들어보고 싶어요."

원영이가 유리에게 다가앉으며 싹싹한 얼굴로 팔짱을 꼈

다. 우아하고 예쁜 원영의 관심에 유리가 부끄러워했다.

"그, 그래."

얼굴이 발그레해지며 말을 더듬었다. 내가 고개를 젖히고 물었다.

"원영이 너 아니었으면 우린 아직까지 뛰고 있었을 거야. 어떻게 그렇게 딱 마주쳤어?"

"언니~. SNS 보고 이럴 줄 알고 교문 앞에서 기다리고 있었죠. 뛰어나오는 거 보고 언닌 줄 알고 댄 거죠."

"아!"

나는 생각지도 못한 부분까지 미리 생각해 준비한 백원영의 치밀함에 놀랐다. 새삼 원영이가 500살 된 뱀파이어라는 것이 피부로 느껴졌다. 미안한 마음에 다시 원영이를 쳐다보았다.

"너 학교는 어떻게?"

"오늘 하루 쉬죠, 뭐. 언니랑 얘기, 아니 언니랑 점이나 연습하죠."

원영이는 혹시라도 유리가 눈치챌까 봐 곁눈질을 했다. 하지만 아직도 숨이 가쁜지 의자에 기대앉아 있는 유리는 원영의 말을 못 들은 것 같았다. 창밖으로 흘러가는 풍경을 멍하니 보고 있었다.

"유리 넌 어떡할래?"

"일단 혜원이 연락 기다렸다가 학교 안 가도 되면 패밀리어한테 연락해서 연습 갈래. 며칠 안 남았으니까 열심히 해야지."

유리가 잠깐 생각하더니 대답했다.

"그래, 일단 다 같이 할머니 집으로 가자."

그제야 고개를 돌리고는 조수석에 몸을 묻었다.

"그럼, 난 먼저 갈게."

유리가 인사를 하고 할머니의 집을 나섰다. 배웅하려고 같이 따라 나왔다. 집 밖에 클럽 공연에서 본 패밀리어 멤버들이 기다리고 있다. 유리가 다가가자 패밀리어 하나가 차 문을 열어주었다. 유리가 올라타자 곧바로 문을 닫았다. 그리곤 유리창으로 길에 서 있는 나를 힐끔 돌아보았다. 차갑고 날카로운 바늘로 찌르는 듯한 눈길이었다. 유리가 떠나자 나도 집에 들어왔다. 창문의 커튼 사이로 내다보던 원영이가 나를 돌아보았다.

"어때?"

"낮에 다니는 게 아직은 패밀리어에요. 앞으로는 어떻게 될지 모르겠지만."

커튼을 닫고 소파로 가며 말했다. 그때 원영이의 전화가 울렸다.

"언니 잠시만요."

양해를 구한 뒤 저쪽으로 가서 통화를 하기 시작했다. 그때 내 폰에서 메신저의 알람이 울렸다. 폰을 꺼내 보니 혜원이에게서 온 메시지였다.

-어떻게 됐어?

-유리는 연습 갔어. 선생님이 어떻게 해줬네?

-어떡하겠어. 그냥 있다간 학교가 난리 날 텐데.

-아직도냐?

-점심시간에는 딴 학교 애들까지 몰려와서 난리였다.

-하…

-야, 너도 이번 주 현장학습으로 해뒀어.

혜원이가 말했다.

-나? 왜?

-준비해야지. 유리.

안 봐도 혜원이는 비장한 표정을 짓고 있을 것이다.

-선생님한테 뭐라고 했는데?

-너 할머니 따라 지방 간다고 했어. 출장 굿하러.

-헐, 선생님이 그걸 믿어?

-믿던데?

-대박.

-이따 원영이네 갈 거야?

-아마.

-그럼 거기서 봐.

-그래 가면 메시지 보낼게.

"혜원 언니예요?"

어느새 통화를 끝냈는지 원영이가 다가왔다. 옆에서 내 폰을 들여다보았다.

"응. 혜원이. 나도 이번 주 현장학습으로 뺐다는데?"

"그래요? 그럼 나도 이번 주 학교 빠져야겠다."

원영이가 무슨 생각을 하는지 싱긋 웃었다.

"넌 뭐라고 하고 빠지려고?"

"아프다고 해야죠."

하며 배시시 웃었다. 내가 팔짱을 꼈다.

"선생님이 들어줄까?"

"내가 아니라 아빠가 하면 될 거예요."

그 말에 내가 흠칫해서 쳐다보았다.

"아빠라면 드라큘라?"

"아뇨, 가짜 아빠요. 언니는…"

원영이 말하며 내 팔을 가볍게 쳤다.

"가짜 아빠?"

"저 가짜 신분이잖아요. 학생인데 가짜 신분 꾸미려면 가짜 부모도 있어야죠."

"들어주실까?"

"패밀리언데 당연히 하죠. 마스터가 시키니까."

원영이가 짐짓 고개를 들며 말했다.

"너도 패밀리어가 있어?"

"당연히 있죠. 가짜 부모, 집안일 해주는 아줌마, 기사 아저씨… 요즘 세상에 뱀파이어가 혼자 어떻게 살아가요? 얼마나 힘든 세상인데."

한껏 불쌍한 표정을 지어 보이며 눈을 글썽였다. 어머나. 뱀파이어에게도 힘든 세상이면 아직 고등학생인 나는 뭐람. 그때 할머니의 집으로 들어오던 아기동자가 원영을 보고 화들짝 놀라는 척을 했다.

"야, 괴물이 어울리지도 않는 그런 표정 짓지 마. 꿈에 나올라."

"뭐래? 죽은 귀신이 무슨 꿈을 꾼다고."

원영이 아기동자의 말에 어이없어하는 표정을 지었다.

"넌 무슨 일이야?"

원영이 뾰로통한 표정으로 툭 던지듯 아기동자에게 말했다. 하지만 아기동자는 그 말을 무시하고 나를 쳐다보았다.

"할머니 아직 안 왔냐?"

일부러 크게 몸을 돌려 시계를 돌아보았다.

"응? 할머니 아직 연락 없었는데."
"아직 시간 안 됐나?"
다시 시계를 힐끔 보았다.
"할머니는 왜?"
내가 아기동자에게 물었다.
"오늘 모이는 날이잖아. 너네 할머니 제자들."
"아, 오늘이었나?"
"넌 뭐 할 거야? 저 괴물은?"
아기동자가 손을 흔들며 아니꼬운 표정으로 원영을 흘깃거렸다.
"말 가려 해라."
어느새 원영이 룬 부적을 손에 쥐고 흔들었다. 그 서슬에 아기동자가 흠칫했다. 마침 벽으로 들어오던 장군 신장이 원영을 보고 입이 헤 벌어졌다.
"누님 계셨어요?"
"응."
원영이 고개만 까딱했다. 그걸 보고 아기동자가 기분 나쁜 표정으로 쏘아보았다.
"야, 누님은 무슨."
아기동자의 야단에 장군이 흠칫하더니 슬슬 눈치를 보았다. 아기동자는 거드름을 피우며 소파로 가더니 털썩 주저앉았다. 그리곤 장군을 향해 손을 까딱거렸다. 그러자 당장 장군이 달려가 다리를 주무르기 시작했다.

"언니 가요. 물건들 왔대요."

원영이 일어나서 현관으로 가며 말했다.

"그래."

원영의 뒤를 따라서 현관으로 향했다. 소파에 누워 있던 아기동자가 현관으로 가는 원영의 뒤통수에다 메롱 하고 있다. 그러자 원영이가 뒤를 획 돌아보며 주먹을 들어 보였다. 금세 아기동자가 깨갱 했다. 볼 때마다 아옹다옹하는 둘의 모습에 웃음이 터졌다.

10월 29일

해수

전철이 속도를 내며 덜컹덜컹 움직였다. 문규와 같이 전철을 타고 이승으로 가고 있다. 창밖으로 휑한 가을 풍경이 내다보였다. 가을걷이를 끝낸 논은 텅 비었고, 누렇게 시들어 가는 들판은 스산한 모습이었다. 숲의 나무들은 이가 빠진 것처럼 군데군데 잎이 떨어지고 있다. 안개가 자욱한 강 옆을 전철이 철컹철컹 소리를 내며 휙휙 지나갔다. 물끄러미 창밖을 보는데 옆에 앉은 문규가 돌아보았다.

"간만에 같이 가네."

"그러게. 이번 건은 숫자가 많으니까."

손에 쥔 핸드폰으로 명부를 뒤적였다. 문규가 부스럭거리며 가방에서 명부를 꺼내놓는데 제법 두툼했다.

"교통사고… 교통사고… 교통사고… 운전들 조심 좀 하지. 쯧쯧."

명부의 사인을 뒤적여보고는 문규가 혀를 끌끌 찼다.

"운전에 자신 없으면 대중교통을 타고 다니던가 다들 운전한다고 차 끌고 나와서 사고들만 내냐."

그러면서 또다시 혀를 찼다.

"넌 운전해본 적도 없잖아."

투덜거리는 문규에게 핀잔을 주었다. 700년 전에 죽은 저승사자는 운전은커녕 차를 구경해본 적도 없다. 그 핀잔에 문규가 눈에 쌍심지를 켰다.

"내가 못 해서 안 했냐? 나 때는 자동차가 없었으니까 안 했지. 나 마차는 잘 몰았어."

문규가 어깨를 으쓱이며 말했다.

"마차는, 어쩌다 달구지 한번 몰아본 게."

"너 알고 있었냐?"

문규가 찔끔한 얼굴로 되물었다.

"네가 얘기했잖아. 2갑자 전에."

"하여간 기억력은 좋아가지고."

문규가 투덜거렸다. 둘이 얘기하다 보니 어느새 외선은 이승에 도착했다. 전철에서 내려 명부에 적힌 장소로 이동했다. 차들이 쌩쌩 달리는 고속도로 터널 안이었다. 휙휙 지나치는 차들을 보며 문규가 말했다.

"요새 차들 좋아졌어. 처음 국산 차라고 나왔을 때는 언덕길에서 속도도 못 내고 버벅거렸는데…"

"그러게. 대신 저렇게 달려대니 사고 났다 하면 크게 나잖아."

"그렇긴 하지."

그때 터널 입구로 소형 트럭 한 대가 들어왔다. 트럭은 차선을 넘어가더니 휘청하고는 다시 들어오곤 했다. 눈을 못 뜨는 게 아무래도 졸음운전인 것 같았다.

"재가 1번이냐?"

문규가 트럭 운전수를 가리키며 물었다. 운전석의 기사는 하품을 하고 다시 고개를 꾸벅거리며 졸았다. 내가 핸드폰을 들여다보았다.

"맞네. 이만복."

"잠 안 자고 뭐 했대?"

"술 마셨겠지."

내가 심드렁하게 대꾸했다. 그때 다시 차선을 넘어가던 트럭이 뒤차의 클랙슨 소리에 놀라 휘청하더니 그대로 터널 벽을 들이받았다. 벽을 받고 튕겨 나온 트럭은 반대편의 벽을 치받고는 빙글빙글 돌다 다시 벽을 받더니 옆으로 뒤집어졌다.

"2번 온다. 3번도."

문규의 말에 돌아보니 승용차 한 대가 빠른 속도로 터널로 들어섰다. 쓰러진 트럭을 미처 발견하지 못한 듯 쏜살같이 달려오던 승용차가 그대로 부딪쳤다. 커다란 굉음이 울리며 승용차가 납작하게 찌그러졌다.

"4, 5, 6~, 7."

문규의 카운트에 맞춰 차들이 빠른 속도로 터널로 들어서고 연이어 부딪치며 사고를 일으켰다.

"8. 마지막."

그 소리와 함께 가까스로 멈춰선 대형 트럭의 뒤를 다른 트럭이 들이받았다. 이어 타이어 마찰음이 연달아 울리며 터널 밖으로 차들이 멈춰 섰다.

"가자."

문규를 돌아보며 사고 현장으로 걸음을 옮겼다. 제일 앞의 트럭 기사부터 영혼을 하나씩 호출해서 인도했다. 8명을 모두 호출한 다음 인솔해서 사고 현장을 벗어났다. 영혼들과 같이 전철에 올랐다. 영혼들은 난데없는 비명횡사에 어리둥절한 채 각자 자리를 잡고 앉았다. 혹시 몰라 문규와 함께 문가에 앉았다. 문규가 옆으로 바싹 다가앉으며 물었다.

"야, 너네 싸웠다며?"

뭐가 좋은지 싱글거리는 표정으로 문규가 물었다.

"무슨 말이야?"

내가 되물었다.

"너, 그 여자아이와 싸웠다며?"

"싸우긴. 근데 그건 어디서 들었어?"

"SNS. 보자. 어, 여기."

문규가 핸드폰으로 SNS를 찾아 보여주었다. SNS에는 여자아이와 싸우는 동영상이 떠 있다. 말소리는 녹음되지 않았지만 이틀 전에 싸우던 그 모습이었다.

"할 일들 없나 봐. 이런 거나 올리고. 올린 게 누구야?"

그 소리에 문규가 핸드폰의 사이트를 스크롤 하고 있다.

"올린 게 보자~~ 여기 있네. 아이디가 DS300. 누구지?"

문규가 핸드폰을 보여주며 고개를 갸웃했다. 프로필 사진을 보니 개똥이였다. 그러고 보니 그때 현장에 개똥이가 있었다.

"하, 이게 죽으려고. 안 되겠다. 당장 영상 내리라고 해야지."

아기동자에게 전화를 하려고 하는데 문규가 손을 내저었다.

"야, 늦었어. 조회수 장난 아냐. 40억 넘었는데? 퍼간 게 10만이 넘어. 너네 기록이다, 기록. 크크크."

문규는 동영상 조회수를 보고는 신이 났다. 하. 10만 개가 넘게 퍼졌으면 개똥이가 내린다고 해도 별 의미가 없을 것 같았다.

"아니 다들 왜 그렇게 남의 사생활에 관심이야. 싸우든 말든 그게 뭐가 궁금하냐고."

핸드폰을 쥐고 흔들었다.

"사생활? 너네 공적인 관계라며? 무당과 신장. 근데 무슨 사생활?"

문규가 깐죽거렸다. 그런 문규를 쏘아보았다. 그러거나 말거나 문규는 동영상을 보며 히죽거리고 있었다. 그때 전철의 한쪽에서 날카로운 고함 소리가 들렸다.

"아, 씨발. 이런 개새끼 때문에 내가 죽은 거야? 이 씨발 새끼가 졸음운전 한 거 때문에?"

고함을 지른 혼령은 아까 과속으로 트럭을 박은 승용차 운전자였다. 명부에 써진 나이는 17세였다. 트럭 기사는 47세였다.

"아, 씨발, 아, 존나 짜증 나."

17세 혼령은 험악한 표정으로 왔다 갔다 하더니 트럭 기사 앞에 멈춰 섰다. 그리곤 트럭 기사의 머리를 손으로 내리쳤다.

"씨발, 말해보라고, 씨발 새끼야. 네가 졸음운전 한 거 땜에 내가 죽은 거냐고."

"…"

험악한 기운에 트럭 기사는 머뭇거리며 말을 못 했다. 주눅이 들어 상대방을 쳐다보지도 못하고 쩔쩔매고 있었다. 아이의 말에 주위가 술렁이더니 다른 영혼들도 트럭 기사를 원망스러운 표정으로 쏘아보았다. 아이는 점점 더 기세등등해졌다.

"씨발아. 내가 묻잖아. 대답하라고 이 씨발 새끼야."

분이 풀리지 않는지 트럭 기사의 가슴을 발로 내려찍었다. 순간 내가 벌떡 일어나 아이의 뒷덜미를 잡아 바닥에 팽개쳤다.

"그만하지."

바닥에 나동그라진 아이의 혼령을 내려다보았다. 소란스러운 가운데 문규가 일어나 움직였다.

"아저씨, 다른 칸으로 가시죠."

트럭 기사의 팔을 잡고 다른 칸으로 데려갔다. 바닥에 쓰러졌던 아이가 일어섰다. 그리곤 찍 하고 침을 뱉었다.

"씨발. 넌 또 뭐야? 안 그래도 짜증나는데 어디 병신같은 새끼가 개지랄이야."

소리치며 나를 향해 주먹을 날렸다. 하지만 순식간에 다시 아이의 뒷덜미를 잡고 바닥에 패대기를 쳤다. 아이는 어떻게 된 건지 몰라 어리둥절한 표정으로 쓰러져 있다. 그런 아이의 목을 발로 눌러 밟았다. 아이가 고통스러운 듯 버둥거렸다.

"무면허에 술 마시고 과속으로 달려놓고는 죽은 건 남 탓이라고."

그 소리에 아이가 움찔했다.

"씨발, 네가 봤어?"

이내 악을 쓰고 소리를 질렀다. 그때 뒤에서 기척이 났다. 얼굴을 일그러뜨리고 다가오는 아이의 친구를 잡아채 바닥에 메다꽂았다. 그러고는 아이의 목을 밟은 발에 힘을 주었다.

"알지. 어떻게 아냐고? 저승사자거든. 너희들을 데려가는."

차가운 목소리로 말했다. 아이의 얼굴이 새파랗게 질려갔다. 아이의 눈동자에 내 모습이 비쳐 보였다. 새파랗게 변해가던 눈동자에서 푸른 불꽃이 이글거렸다. 그 불꽃을 보고 바닥에 누워 있던 아이가 공포에 질린 듯 몸부림을 쳤다. 그런 아이의 얼굴에 내 얼굴을 점점 가까이 가져갔다. 내 얼굴이 가까워질수록 아이는 더 큰 공포에 사로잡혀 비명을 질렀다.

"야, 그만해."

문규가 뒤에서 어깨를 잡아당겼다. 그제야 정신이 들어 몸을 일으켜 세웠다. 내가 발을 떼자 아이와 친구는 쏜살같이 전철 구석 자리로 도망가서 움츠리고 앉았다. 몸을 떨며 눈치를 보았다. 그 소동에 다른 혼령들도 슬금슬금 내게서 멀리 떨어지려고 했다.

"야, 뭐냐? 갑자기."

문규가 이상하다는 듯 쳐다보았다. 갑작스러운 감정 변화에 당황스러운 건 나였다. 숨을 죽인 채 가까운 의자에 털썩 주저앉았다.

"몰라. 애 겁주는데 갑자기 욱하고 올라왔어."

고개를 절레절레 흔들었다. 문규도 당황한 눈빛이었다.

"내가 너랑 알고 지낸 지 5갑자가 넘었는데 이러는 거 처음 본다."

"그러게, 나도 처음이다. 죽은 뒤로."

허탈한 마음으로 쓴웃음을 지었다. 그때 도착지를 알리는 방송이 나왔다. 문규가 자리에서 일어나 혼령들에게 내리라는 손짓을 했다. 방금 전의 소동에 혼령들은 기가 죽은 듯 일사불란하게 움직였다. 문규가 나를 돌아보았다.

"난 옆 칸에서 이만복 데려올게."

자리를 뜨며 말했다. 그리곤 이내 이만복을 데리고 나타났다. 다른 혼령들은 이만복을 힐끔거리지만 좀 전의 소동 때문인지 모두 입을 다물었다.

G지구의 사무실에 혼령들을 넘기고 돌아가는 길이었다. 갑자기 문규가 걸음을 멈췄다.

"화정씨."

멀리서 화정 차사를 보고 반가워서 소리 지르며 달려갔다. 화정 차사의 뒤로 다수의 혼령과 3~4명의 차사들이 보였다. 천천히 그쪽으로 다가갔다. 화정 차사가 인도하는 혼령들은 넋이 나간 혼령들이었다. 얼핏 보기에도 3~40명은 되어 보이는 혼령들이었다.

"잉? 얘들 뭐야? 갑자기 단체로 몰려왔나?"

문규가 혼령들을 툭툭 건드려보고 있다. 많은 숫자의 혼령들을 인도하느라 지쳤는지 화정 차사의 얼굴이 뾰로통했다.

"아까 갑자기 명부가 왕창 나왔잖아. 마침 사무실에 있는데 남은 애들이 신참들밖에 없어서 같이 갔다 왔지."

화정 차사가 힘들다는 듯 천천히 말했다. 문규는 화정 차사의 옆으로 가서 좋아서 히죽거리고 있다.

"얘들 때문에 우리 화정씨가 고생했다는 거지?"

하며 혼령들을 발로 툭툭 찼다. 하지만 혼령들은 그러거나 말거나 얼빠진 얼굴로 멍하니 서 있을 뿐이었다. 불러도 대답도 없고 건드려도 반응이 없었다.

"그나마 얘들이 어디 안 가고 멍하니 있어서 다행이지. 장소도 여기저기 흩어놔서 한참을 돌아다녔다니까. 숫자 맞아?"

화정 차사가 혼령의 숫자를 세던 초보 차사에게 물었다. 마지막 혼령까지 확인한 차사가 맞다고 대답했다.

"드라큘라가 갑자기 폭주했나? 혼자 한 것치곤 많은 거 아냐?"

혼령들을 툭툭 치고 다니던 문규가 돌아와 화정 차사의 옆에 서며 말했다.

"40명도 안 되는데, 뭘. 폭주하면 하룻밤에 2~300명도 해치우고 다녔어."

화정 차사가 별거 아니라는 듯 대꾸했다.

"2~300명?"

문규가 휘둥그레진 눈으로 화정 차사를 돌아보았다.

"뭘 놀라? 전쟁 나면 하루에 몇십만도 죽는데. 2~300명 가지고."

"그래도."

그때 혼령의 숫자를 확인하던 초보 차사가 화정에게 다가왔다. 옆의 문규를 힐끔거리며 우물쭈물했다.

"왜? 할 말 있어?"

문규가 퉁명스럽게 물었다.

"저, 저희 가봐야 하는데요."

문규의 눈치를 보며 초보 차사가 우물거렸다. 화정 차사가 문규를 돌아보았다.

"문규씨, 금방 갔다 올게. 사무실에서 봐."

화정 차사는 얼른 혼령들을 인솔해서 길을 재촉했다.

"기다릴게 빨리 와."

문규가 화정 차사에게 손을 흔들었다. 화정이 저만큼 가다 돌아보더니 끈적한 웃음을 흘렸다.

"좋냐?"

내가 문규를 보며 빈정거렸다.

"응. 좋아. 그니까 너도 싸우지 말고 잘해."

문규가 멀어져가는 화정의 뒷모습을 보며 대꾸했다.

사무실에 도착하니 평소와 달리 정신이 없었다. 뒤숭숭한 분위기에 여러 차사들이 명부를 확인하느라 이리저리 뛰어다니고 있다. 지나가는 후배 하나를 문규가 잡아 세웠다.

"뭐야? 무슨 일이야?"

"아, 선배님. 지금 갑자기 명부들이 쏟아져서요."

후배가 손에 든 명부들을 들어 올렸다. 몇십 장은 족히 되어 보였다.

"갑자기 명부가 나오는 게 한두 번이 아니잖아. 뭘 그걸 가지고 그래."

문규가 핀잔을 주었다. 그 소리에 후배가 고개를 저었다.

"그게 그런데 선배님."

후배가 명부 하나를 보여주었다. 후배가 보여준 명부에는 망자의 이름과 사주, 사망 일자만 나와 있었다. 통상 명부에 있는 사망 원인이나 사망 시간, 장소는 표시되어 있지가 않았다. 그리고 명부의 날짜가 2일 뒤였다.

“뭐야? 1일이면 이틀 뒤 아냐?”

“그렇습니다. 이틀 뒤 명부가 나와서… 전에도 이런 일이 있었나요?”

후배가 곤혹스러운 표정으로 나와 문규를 바라보았다.

“난 못 봤는데.”

문규가 나를 쳐다보았다. 나도 본 적이 없어 고개를 저었다. 명부는 통상 그날 발부된다. 새벽 이른 시간에 사망하는 경우, 그 전날에 발부되는 일이 있지만 2일 뒤의 명부가 발부되는 일은 없었다. 게다가 사망 일자만 있고 시간과 장소, 사유가 없는 경우는 없었다. 후배가 역시 난감한 얼굴로 말했다.

“거기다 명부가 중복 발부가 돼서…”

“명부가 중복됐다고?”

문규가 놀라서 되물었다. 후배는 고개를 끄덕이며 옆자리에 있던 명부를 집어 들었다. 그리곤 자기가 들고 있던 명부에서 같은 사람의 명부를 꺼내 보여주었다.

“이것 때문에 더 난리예요. 중복된 게 한두 건이 아니라 몇 명이 죽는지도 모르겠고. 누가 가야 할지도, 거기다 명부도 수시로 바뀌니…”

후배가 어쩔 줄을 모르겠다는 듯 머리를 흔들었다.

"알았어. 가봐."

문규가 후배를 놓아주고는 내 쪽으로 돌아섰다.

"야, 이거."

"일단 우리가 확인해보자."

어떻게 된 일인지 알아보러 내 자리로 쫓아갔다. 컴퓨터를 켜자 수십 장의 명부가 올라왔다. 명부 하나를 열어보자 후배가 보여준 것과 같이 망자의 이름과 사주, 날짜만 나와 있다. 그리고 명부를 살펴보는 동안도 명부의 숫자와 이름이 계속 바뀌고 있다. 철렁했다. 보통 일이 아니었다. 무슨 일인지 알아봐야 했다. 의자를 뒤로 밀고 급하게 일어섰다. 조사팀에 가려고 서둘러 걷는데 탕비실에서 명부를 프린트하고 있던 문규가 불렀다.

"해수야."

부르는 소리에 돌아보자 문규가 손에 프린트된 명부를 하나 들고 있다. 그 명부에는 익숙한 이름과 사주, 그리고 11월 1일이라는 날짜가 찍혀 있었다.

10월 31일

혜수

클럽 입구는 입장하려는 사람들이 길게 늘어서 있다. 할로윈 페스티벌이라 사람들이 다양한 코스프레 의상들을 입고 서 있었다. 나도 원영이가 준비해준 블랙 위도우 복장을 하고 있다. 위아래 까만색의 달라붙는 의상에 허리에 벨트를 차고 있다. 난생처음 입어보는 타이트한 라텍스 옷이 불편했다. 하지만 줄을 선 다른 사람들의 옷차림을 보니 난 그나마 무난한 편이었다. 빨간 머리 가발을 빼고는. 다른 사람들은 캐러비안의 해적이니, 미이라니 하며 온몸에 붕대를 칭칭 감은 모습까지, 별의별 사람들이 많았다.

입구에서는 클럽의 직원이 입장권을 확인하며 사람들을 들여보내고 있었다. 그 직원 뒤에 검은색 바디수트를 입고 선글라스를 쓴 여자가 서 있었다. 여자는 중간에 한 명씩 불러서 뭔가를 검사했다. 뭔가 수상하거나 의심스러우면 여자가 다시 검사를 하는 모양이었다. 드디어 내 차례였다.

"티켓."

손을 내미는 직원에게 원영이가 준비해준 티켓을 내밀었다. 패밀리어가 장소를 공개하기 전에 미리 사둔 티켓이었다. 할로윈 시즌은 티켓이 비싸기로 유명했다. 장소를 모르기 때문에 원영이는 핫한 여러 곳의 클럽 입장권을 넉넉하게 사두었다. 직원에게 티켓을 주자 바코드를 확인하고는 내 손목에 밴드를 채워줬다. 직원을 지나쳐 클럽으로 들어가려는데 선글라스를 쓴 여자가 나를 불러세웠다.

"거기, 잠깐만."

"저요?"

한껏 놀란 표정을 지었다. 여자를 경계하고 있었지만 그런 기색을 들키지 않으려고 더 놀란 척했다.

"신분증 한번 꺼내 볼래?"

그 소리에 허리에 찬 벨트 포켓에서 신분증을 꺼내 건네주었다. 여자는 신분증을 직원에게 넘겨주고 내 얼굴을 찬찬히 훑어보았다. 원래 미성년자라 클럽 출입이 안 되지만 여자에게 준 신분증은 오늘 일을 위해 원영이가 만들어준 가짜 신분증이었다. 가짜 신분증이라고 해도 내 신분증이 아닐 뿐 검사를 해도 이상 없는 신분증이라고 했다. 즉 진짜 신분증에 사진만 바꿔치기 한 것이다. 뒤의 직원이 확인을 해보더니 이상 없다는 듯 고개를 끄덕였다. 여자가 직원에게 받은 신분증을 들여다보았다.

"손예나."

신분증에 적힌 이름을 부르며 날 흘낏 쳐다보았다.

"예, 전데요. 손예나."

가짜인 걸 안 들키려고 일부러 당당하게 고개를 들었다.

"잠깐 포켓 안 좀 볼 수 있을까?"

하며 허리에 찬 포켓을 가리켰다.

"아, 예."

몸을 돌려 포켓을 열어 여자에게 보여주었다. 포켓 안에는 스마트폰과 약간의 돈, 립밤이 들어 있다. 여자가 포켓 안을 슬쩍 보더니 신분증을 돌려주었다. 내가 받으려고 하자 여자가 다시 신분증을 들어 올렸다.

"우리 어디서 본 적 있지 않아?"

그런 소리를 하며 날 빤히 들여다보았다. 슬쩍 떠보는 느낌이다.

"패밀리어시죠? 저번에 프롬에서 퍼포먼스 하셨잖아요. 그 발레한 분이랑. 저 그때도 갔었거든요. 무대 앞에 있었는데, 그때 저 보셨어요?"

기쁜 척 팔딱 뛰었다.

"그래?"

여자의 표정이 살짝 누그러졌다. 그걸 보고 뒤에 서 있는 사람들을 향해 휙 돌아섰다.

“어떻게, 어떻게, 이분이 저 봤었대요.”

팔짝팔짝 뛰며 소리쳤다. 그리곤 여자의 팔에 팔짱을 꼈다.

“저 사진 한 장 찍어도 돼요?”

“그래.”

“감사합니다. 애들한테 자랑해야지.”

폰을 꺼내서 여자랑 붙어서 함께 사진을 찍었다. 그리곤 여자가 보는 데서 얼른 SNS에 사진을 올렸다.

“아, 그때 봤었던 모양이구나.”

여자는 순순히 신분증을 돌려주고는 등을 돌렸다. 후유 속으로 한숨을 쉬며 클럽으로 들어갔다. 클럽 안은 시끄러운 음악 소리가 울리고 스테이지는 사람들로 북적였다. 혹시나 해서 의심받을 물건을 하나도 가져오지 않은 것은 다행이었다. 나도 모르게 왼쪽 귀의 십자가 귀걸이를 만지작거렸다. 귀걸이 빼고는 뱀파이어를 상대할 물건이 아무것도 없어 불안하기는 했다. 하지만 덕분에 입구를 무사히 통과할 수 있었다. 부적과 필요한 물건들은 원영이가 새벽에 미리 여자 화장실 천장에 숨겨뒀다고 했다. 원영이가 아니었으면 부적을 숨기기는커녕 티켓조차 못 구해서 클럽에 들어올 수도 없었을 것이다. 다시 한번 가슴을 쓸어내렸다. 그나저나 혜원이는 잘 들어와야 할 텐데…. 혜원이는 자기의 코스프레가 뭔지 가르쳐주지 않았다. 대체 어떤 걸 하고 오려고 하는지.

패밀리어의 퍼포먼스 시간은 11시 30분부터였다. 손목에 찬 시계를 보았다. 10시 30분이었다. 아직 1시간 정도의 여유가 있었다. 패밀리어가 눈치챌 수 있으니까 약속한 시간 전까지는 따로 돌아다니기로 했다. 원영이는 드라큘라 때문에 퍼포먼스가 시작된 뒤에 합류하기로 했다. 2층 난간에 기대서서 아래 사람들을 내려다보았다. 오늘은 할로윈데이에 패밀리어 퍼포먼스까지 있어서 많은 사람들이 몰려와 있었다. 발 디딜 틈이 없이 클럽 안이 북적거렸다. 오늘 퍼포먼스를 보러 대형 기획사에서도 사람들이 오기로 했다며 기뻐하던 유리의 모습이 떠올랐다. 사람들은 곧 어떤 일이 벌어질지 모른 채 즐거워하고 있었다.

11시. 슬슬 준비해야 할 시간이었다. 화장실을 가는 척하면서 관계자 외 출입금지 표시가 붙어 있는 문을 열고 백스테이지로 향했다. 멀리에서 여러 사람들의 목소리가 들렸다. 복도 저쪽 다양한 목소리들 속에서 유리의 노랫소리가 들렸다. 무대에 올라가기 전 연습을 하는 듯 중간중간에 목을 푸는 듯한 소리를 냈다. 유리의 목소리가 들리는 쪽으로 살금살금 다가갔다. 복도 끝 모퉁이를 돌아서는데 벽에 기대서 있던 패밀리어 멤버와 마주쳤다.

"여기서 뭐 해? 여긴 관계자 외 출입금지인데."

여자가 의심스러운 눈빛으로 바라보았다. 차갑고 날카로운 바늘로 찌르는 듯한 눈빛이었다. 여자의 눈빛은 유리를 데려가던 체샤보다 더 강했다. 더구나 뭔지 모르지만 여자에게서 서늘하고 섬찟한 기분이 들었다.

"아니, 저 화장실 찾다 잘못 들어왔네요. 헤헤."

얼른 웃음을 띠며 슬쩍 넘어가려고 했다.

"화장실은 저쪽이야."

여자가 등 뒤를 가리키며 차갑게 말했다. 여자 너머로 보니 복도 중간과 분장실로 보이는 문 앞에 패밀리어 멤버들이 지키고 서 있다.

"아, 예. 죄송합니다."

여자에게 꾸벅 고개를 숙이고 뒤로 돌아 나왔다. 등으로 여자의 날카로운 시선이 느껴졌다. 재빨리 화장실로 들어가 원영이가 얘기해준 칸으로 들어갔다. 변기에 올라서서 천장을 열자 부적과 이어폰이 보였다. 꺼내 들고는 아래로 내려섰다. 역시 원영이는 치밀했다. 부적은 옷 소매와 부츠 안에 숨기기 좋게 4묶음으로 나뉘어져 있었다. 부적을 옷 안에 숨기고 같이 숨겨둔 이어폰을 귀에 꽂았다. 유리의 찬트에 홀리지 않게 원영이가 룬을 써둔 이어폰이었다.

화장실을 나와 세면대에서 손을 씻었다. 거울을 보며 가발을 쓸어내려 귀를 가렸다. 그리곤 스테이지로 나왔다. 한참 분위기가 달아오른 스테이지는 사람들로 가득했다. 특히 패밀리어 퍼포먼스 시간이 얼마 남지 않아 무대 앞은 사람들이 빽빽하게 몰려 있었다. 11시 30분이 되자 DJ가 패밀리어 퍼포먼스의 시작을 알렸다. 클럽 안을 울리는 마이크 소리에 사람들이 환호성을 질렀다. 스테이지와 무대의 조명이 모두 꺼졌다. 드디어 시작이었다.

낮은 기계음이 울리며 무대에 흐릿한 조명이 비쳤다. 검은 옷과 검은 두건을 쓴 패밀리어 멤버들이 고통에 몸부림치는 듯 스테이지 바닥을 기었다. 낮게 깔리던 음악 소리가 점점 커지면서 안무도 점차 격렬해졌다. 그리곤 강렬한 비트와 움직임이 무대 위에 펼쳐졌다. 클럽 안을 채운 사람들의 입에서 탄식이 절로 흘러나왔다. 한참 절정으로 치달아가던 무대 중간의 바닥이 열리더니 하얀 드레스를 입은 유리가 올라왔다. 강렬하고 눈부신 조명이 유리를 비췄다. 하얀 드레스의 유리는 숨이 멎을 정도로 아름다웠다. 유리가 선 바닥은 무대 위로 한참을 올라간 뒤에야 멈췄다. 유리가 허공에 멈추자 클럽 안을 울리던 음악도, 무대에서 춤을 추던 패밀리어 멤버들도 동작을 멈췄다. 그리고 그 고요 속에서 유리의 목소리가 조용히 울려 퍼졌다. 시냇물이 흐르듯 가늘게 시작된 유리의 노랫소리가 클럽 안으로 조용히 흘러나갔다. 차분한 노랫소리가 사람들을 감싸 흐르자 듣고 있는 사람들의 얼굴에 미소가 피어올랐다. 유리의 노래가 높고 웅장해지면서 사람들의 얼굴은 점점 환희에 물들었다. 원영이가 얘기해줬던 찬트였다. 움직여야 할 시간이었다.

유리의 찬트에 정신을 잃은 사람들 사이를 비집고 들어갔다. 유리의 노래가 끝나기 전에 무대에 올라 유리를 구해야 했다. 스테이지를 반 넘게 가로질러 갔을 때 갑자기 누군가 앞을 가로막았다. 고개를 들자 무대 뒤의 복도에서 만난 여자였다.

"또 만났네."

여자가 차가운 미소를 지었다. 여자에게서 풍기는 섬찟한 기운에 나도 모르게 몸이 부르르 떨렸다. 순간 여자의 모습이 흐릿해지더니 이내 다시 선명해졌다.

"위험한 걸 가지고 있네."

여자가 한쪽 입꼬리를 올리며 미소를 지었다. 소매가 허전한 느낌이 들어 만져보니 안에 넣어뒀던 부적들이 없어졌다. 고개를 돌리자 한쪽 구석에서 날리고 있는 부적들이 보였다. 어느새 여자가 그걸 빼서 던진 것이다. 위험을 느끼고 피하려는데 다시 여자의 모습이 흐릿해지다가 선명해졌다.

"왜 좋은 노래를 안 듣지?"

여자가 배시시 웃으며 손에 들고 있는 내 이어폰을 들어 보였다. 이어폰이 사라지자 귓속으로 유리의 노랫소리가 흘러들어왔다. 아, 안 돼 속으로 외치지만 이미 유리의 찬트에 넘어갔다. 정신이 몽롱해지면서 눈앞이 흐릿해졌다. 앞에 선 여자가 쓰윽 내게 다가왔다. 가만히 내 목을 쓰다듬었다.

"걱정 마. 널 나의 재물로 잘 써줄게."

노래가 절정에 다다르자 유리의 뒤에서 어떤 남자가 걸어 나왔다. 아무것도 없는 허공을 걸어 높은 무대 위에 선 유리에게 다가갔다. 남자가 다가가자 유리가 노래를 마치고 남자를 향해 돌아섰다. 남자의 목에는 커다란 목걸이가 달려 있다. 돌아선 유리에게 다가간 남자는 유리의 목을 쓰다듬더니 날카로운 송곳니를 유리의 목에 박아넣었다. 유리의 목에서 흐른 핏방울이 새하얀 드레스에 젖어 들며 빨갛게 원을 그렸다.

무대의 남자를 시작으로 스테이지 곳곳에서 패밀리어 멤버들이 한 명씩 사람들의 목에 날카로운 송곳니를 박고 피를 빨기 시작했다. 내 앞에서 선 여자의 입에서도 기다란 송곳니가 빠져나왔다. 여자는 내 머리를 살짝 기울여 목이 드러나게 하고는 크게 입을 벌려 포효했다. 여자의 송곳니가 날카롭게 빛났다. 여자가 내 목을 물려고 하는 순간 여자의 모습이 내 앞에서 사라졌다.

"괜찮아요? 언니?"

익숙한 목소리와 함께 정신이 들었다. 원영이었다.

"괜찮냐?"

다른 목소리에 돌아보니 스타워즈 갑옷을 입은 사람이 서 있었다.

"혜원이?"

"어, 나. 만달로리안. 멋있지."

헬멧에 가려 보이지 않지만 씩 웃고 있는 얼굴이 그려졌다.

"어떻게."

머리를 흔들며 둘을 쳐다보았다. 원영이가 재빨리 말했다.

"유리 언니 아직 살아 있어요. 제가 아버지를 상대하는 동안 언니들은 유리 언니를 구하세요."

원영의 말에 고개를 끄덕였다.

"언니, 칼."

원영이가 혜원에게 손을 내밀었다. 혜원이가 꺼내준 칼을 들고 그대로 원영이는 허공으로 솟구쳐 사라졌다. 그리고는 바로 무대 위의 유리 뒤에 나타났다. 난데없이 원영이가 나타나자 드라큘라는 유리에게서 떨어지며 뒤로 물러섰다. 드라큘라가 떨어지자 유리는 그대로 무대 아래로 떨어졌다. 밑으로 추락하는 유리를 원영이가 한 손으로 받아 무대로 사뿐히 내려섰다.

"가자."

혜원이가 소리치며 앞서 달렸다. 혜원이는 달리면서 양손에 든 머니건으로 부적을 뿌렸다. 그 뒤를 내가 따라 달렸다. 우리가 움직이자 피를 빨던 다른 뱀파이어들도 뭔가 잘못된 걸 눈치채고 무대 위와 우리를 향해 달려들었다. 하지만 무대 위는 드라큘라 때문에 선불리 올라가지 못했다. 우리 근처도 혜원이가 뿌려대는 부적 때문에 다가오지 못하고 뒤로 물러섰다. 부적 덕에 가까스로 무대에 다다랐다. 그리곤 재빨리 위로 뛰어 올라갔다.

"미야. 얼마 만이야. 아직 살아 있었구나."

드라큘라가 반색을 하며 원영에게 손을 내밀었다.

"덕분에요. 아버지. 누가 땅속에 묻어둔 덕분에 아버지 손에 안 죽고 살아 있네요."

원영이가 싸늘한 표정으로 대꾸했다. 우리가 다가가자 얼른 유리를 넘겨주었다.

"유리야. 유리야."

내가 볼을 두들겨도 유리는 깨어나지 않았다. 볼이 얼음처럼 차가웠다. 원영이가 이쪽을 힐끔 보며 소리쳤다.

"아직 살아있어요. 빨리 병원으로 옮겨야 해요."

그 말에 우리는 양쪽에서 유리를 부축해 일으켰다.

"그럼 먼저 갈게."

"네."

원영이가 시선을 드라큘라에게 고정하고 짧게 소리쳤다.

"이리 오너라. 다시 내 분신이 되어 병사들을 이끌어라."

드라큘라가 무시무시한 기운을 뿜어내며 원영이를 압박했다.

"그리고 아버지 손에 죽겠죠. 먼저 죽어간 형제자매들과 같이요."

그 기세에 밀리지 않고 원영이가 당당히 맞섰다. 돌아보자 원영이의 눈이 붉게 물들어갔다.

"미야. 아무리 너라도 내게 맞서면 죽일 수밖에 없다."

드라큘라가 원영이에게 한 발 다가서며 말했다.

"그래서 아버지 말에 복종한 다른 형제들은요? 그들은 살아남았나요?"

원영이가 몸을 숙이며 공격 자세를 취했다. 원영의 눈은 분노로 완전히 붉게 물들어 있다.

"끝까지 거역하는 거냐. 그렇다면 죽어라."

드라큘라가 쏜살같이 원영에게 달려들었다. 그 공격을 가까스로 피한 원영은 재빨리 반격을 했다. 하지만 칼이 맥없이 허공을 갈랐다. 여유롭게 공격을 피한 드라큘라가 순식간에 원영의 옆을 파고들었다. 재빨리 칼을 들어 원영이가 공격을 막았다.

칼이 부딪치는 소리에 고개를 돌려보았다. 둘의 모습은 보이지 않고 반짝이는 불꽃과 같이 칼이 부딪치는 소리만

들렸다.

“빨리 가자.”

심상치 않은 상황에 고개를 돌리고 걸음을 재촉했다. 일순 “악!” 비명 소리가 들리며 유리가 한쪽으로 푹 꺾였다. 옆에서 유리를 부축하던 혜원이가 보이지가 않았다. 둔탁한 소리에 쳐다보자 혜원이가 한쪽 벽에 부딪치며 떨어지고 있다.

“혜원아!”

소리치는 순간 내 몸이 공중으로 붕 떠올랐다. 그리고는 그대로 바닥에 내리 찍혔다. 엄청난 고통이 등 뒤에서 몰려왔다. 비틀거리며 겨우 일어섰다.

“처음부터 뭐가 있는 거 같았어.”

차가운 목소리가 들렸다. 고개를 들자 눈앞에 체샤의 얼굴이 나타났다.

“친구를 구하러 왔니? 착하네. 그런데 어떡해. 힘이 없는걸.”

체샤가 빙글거렸다. 반항하려고 했지만 좀 전의 충격으로 꼼짝할 수가 없었다. 그걸 보고 체샤가 싱긋했다.

“힘이 없으면 할 수 없지. 약한 건 먹히는 게 섭리거든. 자연의 섭리. 그러니까 너도 내가 먹어줄게. 마지막 피 한 방울까지 다.”

체샤의 입술 사이로 날카로운 송곳니가 하얗게 빛났다. 크게 입을 벌린 체샤의 얼굴이 가까이 다가왔다. 그리곤 하얀 송곳니가 목덜미를 파고들어 왔다. 원영이가 무대 위에서 떨어져 내리는 게 보였다. 벽 아래 쓰러진 혜원이는 움직이지 않았다. 이제 끝이었다. 아무것도 할 수가 없었다. 눈물이 흘렀다. 차가운 이빨이 혈관에 닿았다. 피가 차갑게 식어가는 느낌이 들었다. 눈을 감았다. 순간 모든 것이 멈췄다. 그리곤 시원한 기운이 퍼져나갔다. 머릿속으로 익숙한 목소리가 들려왔다. '그러게 위험한 일 벌이지 말라니까.' 시원한 기운이 팔을 타고 흘러 손끝에 다다랐다. 손에서 푸른 불길이 일어났다. 불길이 일어난 손을 체샤의 가슴을 향해 뻗었다. 그러자 체샤의 몸이 허공으로 날아갔다.

11월 1일

해수

피를 빨려던 흡혈귀를 물리치고 일어섰다. 심하게 부딪힌 듯 등이 욱신거렸다. '오셨어요? 차사님.' 머릿속으로 여자아이의 목소리가 울렸다. '감사… 합니다.' '이따 얘기하자. 일단 여기부터 정리하고.' 상황을 살피러 주위를 돌아보았다. 공격을 받아 쓰러진 흡혈귀를 다른 흡혈귀들이 에워싸고 있었다. 바닥에 쓰러져 있는 흡혈귀의 한쪽 가슴이 뻥 뚫려 있었다. 지옥불이 흡혈귀들에게도 통했다. 두 손에 기운을 모아 불길을 일으켰다. 불길을 본 흡혈귀들이 다투어 뒤로 물러섰다. 무대를 보자 바닥에 쓰러진 백원영에게 드라큘라가 다가가고 있다.

"개똥아."

하고 부르자 아기동자가 천장에서 나타났다.

"넵. 차사님."

"시작하자."

내 말에 아기동자가 신호를 보냈다. 그러자 천장에서 신장들이 속속 모습을 드러냈다. 내가 무대를 향해 달리자 신장들이 앞서 쏜살같이 드라큘라를 향해 달려들었다. 날아가는 신장들의 손에는 부적이 들려 있다. 갑작스러운 신장들의 등장에 드라큘라가 뒤로 주춤 물러섰다. 아기동자가 드라큘라와 백원영의 사이를 막고 섰다. 그러자 다른 신장들도 재빨리 아기동자의 주위를 둘러쌌다.

"괜찮냐? 괴물."

"뭐래? 늙어서도 기저귀 차고 다니는 주제에."

아기동자의 빈정거리는 말투에 역시 비꼬는 말투로 백원영이 대꾸했다. 그리곤 피식 웃으며 일어섰다. 아기동자의 지시에 신장들이 드라큘라의 주위로 퍼졌다. 신장들은 드라큘라가 도망가지 못하게 부적으로 사방을 둘러싸서 결계를 만들었다. 나도 드라큘라를 끝장내기 위해 무대를 향해 달렸다. 몇몇 흡혈귀들이 나를 막기 위해서 달려들었다. 하지만 내가 팔을 뻗자 푸른 불길이 감싼 주먹에 맞아 나가떨어졌다.

뒤쪽이 한바탕 소란하더니 입구가 활짝 열렸다. 열린 입구로 무당들이 뛰어들었다. 무당들은 재빨리 주변에 부적을 뿌리고 금제를 쳤다. 그리곤 이내 무당들은 부적을 뿌리며 달려와 멍하니 선 사람들을 하나씩 문밖으로 끌어냈다. '차사님, 혜원이…' 여자아이의 목소리에 한쪽 옆을 쳐다보았다. 벽 아래 쓰러진 사람이 보였다. 내가 신호를 하자 무당 2명이 재빨리 쓰러진 사람에게로 달려갔다.

무대에 다다르자 위로 뛰어올랐다. 무대 위에서는 신장들과 드라큘라가 대치하고 있었다.

"괜찮냐?"

"괜찮아요."

백원영이 날 보며 머리를 끄덕였다. 그리곤 손에 든 칼을 고쳐 잡았다.

"역시 아버지. 조심하세요."

그 소리에 내가 고개를 끄덕였다. 그러면서 양손의 불길을 더 거세게 일으켰다.

"가자."

백원영에게 소리치며 드라큘라에게 달려들었다. 내 신호에 신장들이 뒤로 물러섰다. 그리곤 드라큘라가 도망가지 못하도록 주위를 에워쌌다. 내 뒤를 따라 백원영이 드라큘라를 공격했다. 오랜 세월을 살아온 흡혈귀답게 백원영은 내가 공격하는 것과 반대 방향에서 드라큘라를 기습했다. 하지만 노련한 드라큘라는 결코 만만하지 않았다. 백원영과 둘이서 같이 공격하는데도 쉽게 우위를 차지하지 못했다. 그때 갑자기 드라큘라가 비명을 지르며 옆으로 물러섰다. 양손에 물병을

든 장혜원이 서 있었다. 어느새 정신을 차린 장혜원은 무대로 뛰어 올라와 드라큘라를 향해 손에 든 물을 뿌렸다. 물병에는 십자가 모양이 그려져 있다. 드라큘라가 재빠르게 성수를 피했다. 그 틈을 놓치지 않고 백원영의 칼이 드라큘라의 옆구리를 파고들었다. 칼은 드라큘라의 옆구리에 박혔다. 하지만 금세 드라큘라는 옆구리에 박힌 칼날을 잡고 백원영을 공격했다. 드라큘라의 손톱이 길게 뻗어 나오며 백원영의 어깨부터 허리까지 할퀴었다. 너덜너덜해진 옷과 함께 백원영이 한쪽으로 날아갔다. 드라큘라가 옆구리에 박힌 칼날을 뽑았다. 그러나 백원영의 공격에 타격을 받은 듯 비틀거렸다. 그걸 보고 내가 달려들었다. 그리곤 비틀거리는 드라큘라의 왼쪽 가슴에 주먹을 날렸다. 빠른 공격이 드라큘라의 가슴을 뚫었다. 드라큘라가 고통에 찬 비명을 질렀다. 그리곤 손에 든 칼을 떨어뜨렸다. 재빨리 왼쪽 주먹으로 공격하려고 하는 순간, 드라큘라가 엄청난 속도로 주먹을 내질렀다. 그 주먹이 가슴에 꽂히며 내 몸이 뒤로 튕겨져나갔다.

"차사님."

쏜살같이 튀어 나가던 몸이 뭔가에 부딪히며 멈췄다. 돌아보니 아기동자였다. 충격이 컸는지 아기동자가 비틀거리며 뒤로 떨어졌다. 다시 달려가려고 했지만 다리가 푹 꺾였다. 방금 드라큘라의 공격에 충격을 받은 모양이었다. 드라큘라도 성하지는 않았다. 지옥불에 당한 가슴이 여전히 뻥 뚫려 있었다. 하지만 드라큘라가 기운을 집중하자 구멍이 빠른 속도로 메꿔지기 시작했다. '차사님!' 여자아이가 급박하게 소리쳤다. '그래.' 드라큘라의 구멍이 메워지기 전에 해치워야 했다. 이를 악물고 일어섰다. 드라큘라를 향해 다시 달려 나가는 순간 메꿔지던 드라큘라의 가슴 구멍에 나무 말뚝이 뚫고 나왔다.

"커흑."

몸을 꿰뚫는 고통에 드라큘라가 신음소리를 냈다. 그런 드라큘라의 뒤에서 장혜원이 일어섰다. 손에는 백원영의 칼이 들려 있다. 장혜원은 두 손으로 드라큘라의 목을 향해 있는 힘껏 칼을 내리쳤다. 하지만 칼은 드라큘라의 목을 자르지 못하고 박혀 버렸다. 드라큘라가 다시 고통에 몸부림을 쳤다. 장혜원은 목에 박힌 칼을 잡아 빼려고 잡아당겼다. 그러나 칼은 빠지지 않았다. 장혜원은 다시 칼을 뽑으려고 드라큘라의 어깨를 밟고 힘을 주었다. 그러자 드라큘라가 어깨를 밟고 있는 장혜원의 발을 잡더니 앞으로 내리꽂았다. 그리고는 바닥에 쓰러진 장혜원의 헬멧을 주먹으로 내리쳤다. 헬멧이 산산조각이 나면서 공포에 질린 장혜원의 얼굴이 드러났다. 그런 장혜원의 얼굴을 향해 드라큘라가 짐승처럼 포효하며 달려들었다. 날카롭게 드러난 이빨이 장혜원의 목덜미에 다다른 그때, 일순 드라큘라의 목에 박혀있던 칼날이 뽑혀 나갔다. 그 고통에 드라큘라는 고개를 뒤로 젖히고 울부짖었다. 포효하는 드라큘라의 뒤에 백원영이 뽑은 칼을 들고 서 있다.

"Ramas bun tata, 잘 가요, 아버지."

휙 하고 칼날이 허공을 날았다. 그리곤 드라큘라의 머리가 바닥으로 떨어졌다. 머리를 잃은 드라큘라의 몸이 재로 변하며 서서히 스러졌다. 바닥을 구르던 머리도 함께 재가 되어 사라졌다.

드라큘라가 죽자 여기저기서 비명 소리가 울렸다. 마스터의 죽음으로 패밀리어들의 정신이 붕괴되었던 것이다. 그나마 강한 힘을 가진 흡혈귀들은 자리에 주저앉아 머리를 감싼 채 비명을 지르고 있다. 그러나 아직 인간 상태의 패밀리어들은 정신을 잃고 푹푹 쓰러졌다. 싸움이 끝났다. 여자아이에게서 빠져나왔다. 힘들었는지 여자아이가 비틀하고 주저앉았다.

"괜찮냐?"

"네."

여자아이가 주저앉은 채 힘없이 웃어 보였다. 입구 쪽을 보며 손짓하자 개똥이가 무당들을 데려왔다. 무당들은 여자아이와 친구를 부축해 일으켰다.

"구해주셔서 감사합니다."

여자아이가 고개를 숙여 인사했다. 옆의 친구도 같이 고개를 숙였다.

"일단 몸부터 추스르고 얘기는 나중에 하자."

그러자 아이들은 다시 한번 고개 숙여 인사를 하고는 몸을 돌렸다. 걸음을 옮기던 여자아이가 백원영을 돌아보며 물었다.

"넌 안 가?"

"먼저 가요, 언니. 전 할 게 좀 남아서요."

백원영이 살짝 웃었다.

"그래."

여자아이는 대답하고는 친구와 함께 무당의 부축을 받으며 나갔다. 내가 백원영을 돌아보았다.

"직접 할 거니?"

"예. 제가 할 수밖에 없어요."

백원영은 고개를 끄덕이며 바닥에 떨어진 나무 말뚝과 칼을 집어 들었다.

"하지만 사람들의 기억은?"

"지워야죠. 깨끗이."

아랫입술을 깨물며 낮은 소리로 말했다. 그리곤 그대로 무대를 내려가 비명을 지르고 있는 흡혈귀의 가슴에 말뚝을 박고 목을 자르기 시작했다. 목을 자르자 흡혈귀들은 재가 되어 사라졌다. 정신이 붕괴된 흡혈귀들은 반항할 생각을 하지 못하고 하나씩 재가 되어 사라졌다. 백원영은 딱딱하게 굳은 표정으로 흡혈귀들을 하나하나 제거했다. 슬프면서도 비장한 얼굴이었다. 지금 자신도 드라큘라처럼 자신의 동족을 없애는 일을 한다는 생각이 들어서일까. 문을 나서는데 천장의 조명과 장비들이 부서지는 소리가 났다. 오늘 벌어진 일을 사고사로 보이게끔 백원영이 무대를 무너뜨리고 있었다.

11월 1일

혜수

병원의 입구로 들어섰다.

"여기냐?"

옆에서 걸음을 옮기며 저승사자가 물었다. '네.' 마음속으로만 대답했다. 그리곤 쑥스러운 표정으로 다시 덧붙였다.

"구해주셔서 감사합니다."

살짝 고개를 숙였다.

"고마운 줄 알면 됐다."

저승사자가 대꾸하며 걸음을 재촉했다. 재빨리 뛰어가 보조를 맞췄다.

"그런데 차사님."

"왜?"

귀찮다는 듯 퉁명스럽게 대답했다.

"차사님은 이승 일에 개입하면 안 된다고 하셨잖아요."

"그렇지."

"그런데 이번에 저 구해준 건 이승일에 개입하신 거잖아요."

"그렇지."

저승사자가 심드렁하게 대꾸했다.

"그럼 안 되는 거 아니에요?"

"안 되는 거지."

별일 아니라는 듯 순순히 대답했다.

"혹시 이번 일 때문에 무슨 벌 받거나 그러는 거 아니에요?"

저승사자가 아무렇지 않다는 듯 대답하지만 실상은 그게 아니었다. 혹시 이번 일로 무슨 벌을 받는 게 아닌지 슬슬 걱정이 되었다.

"그럴지도 모르지. 규칙을 어기고 이승 일에 개입했으니 무슨 처벌을 받거나 차사 일에서 잘릴 수도 있겠지. 천기를 어지럽혔다고 소멸될 수도 있고."

그러면서 저승사자가 걸음을 멈추고 나를 지긋이 바라보았다. 흰 얼굴에 검은 눈동자가 날 꿰뚫듯 보고 있다. 그 눈길에 얼굴이 화끈 달아올랐다.

"내게 무슨 일 생기면 너도 가만 안 둘 거니까 그렇게 알아. 너 때문에 생긴 일이니까. 너 때문에 내가 피가 마른다, 피가."

그리곤 휙 돌아서서 걸음을 옮겼다. 재빨리 그 뒤를 따라가며 얼른 고개를 숙였다.

"죄송합니다."

"죄송하면 그거부터."

저승사자가 내 손에 있는 커피를 가리켰다. 한 모금 마시자 눈을 감고 중얼거렸다.

"음… 좋아."

"그렇죠, 차사님. 역시 차사님은 커피를 아신다니까."

저승사자의 반응에 뒤에서 오던 원영이가 신이 나서 얘기했다. 돌아보자 날 보며 생긋 웃어 보였다.

"얘는 왜 데려왔어?"

저승사자가 원영이를 돌아보며 물었다.

"원영이가 유리 깨어나게 할 방법이 있다고 해서요."

내 말에 원영이가 그렇다는 듯 저승사자를 향해 고개를 끄덕여 보였다.

"얘는 그렇다치고 쟤는 왜?"

턱으로 가리킨 사람은 혜원이었다. 혜원이는 목에 깁스를 하고 따라오고 있었다. 내가 그 모습을 보며 피식했다.

"혜원이는 그냥 혜원이니까요."

그제야 자기 얘기를 하는 줄 알고 혜원이가 이쪽을 쳐다보았다. 그리곤 앞을 보고 손을 내저었다.

"전 신경 쓰지 마세요."

하면서 병원을 두리번거렸다. 업무가 끝난 시간이라 병원은 응급실만 열려 있었다. 응급실의 데스크로 향했다. 내가 다가가자 데스크 사람이 물었다.

"무슨 일로 오셨어요?"

"저희 환자 면회하러 왔는데요."

"면회 시간 끝났는데요. 내일 오세요."

데스크 직원이 퉁명스럽게 말했다. 그러자 원영이가 앞으로 나섰다. 그리곤 데스크 직원과 눈을 똑바로 맞추고 다시 말했다.

"저희 면회하러 왔다니까요."

그 소리에 원영을 쳐다보던 데스크 직원의 눈이 멍하게 풀리기 시작했다. 그리곤 억양이 없는 목소리로 되물었다.

"누구 면회 오셨는데요?"

"이유리요. 오늘 새벽에 입원한."

원영이가 뒤를 돌아보며 생긋 웃었다. 데스크 직원의 손이 로봇처럼 움직이며 컴퓨터의 자판을 두드렸다.

"이유리님. 513호입니다. 들어가서 왼쪽 엘리베이터를 이용하시면 됩니다."

"가요, 언니."

원영의 손짓에 뒤를 따라갔다. 가면서 돌아보니 데스크 직원은 멍한 눈으로 앞만 보고 있었다. 5층에서 내려 병실 앞에서 유리의 이름을 확인하고 안으로 들어갔다. 4인실 한 곳의 침대에 유리가 누워 있었다. 그 옆에 유리의 엄마가 걱정스러운 표정으로 앉아 있었다. 앞으로 가서 꾸벅 인사를 했다.

"안녕하세요. 유리 어머니."

"어, 혜수랑 혜원이 왔구나. 어서 와."

유리 엄마가 우리를 반겼다.

"유리 좀 어때요?"

"아직 그대로야."

유리 엄마가 안타까운 표정으로 유리를 내려다보며 말했다. 원영이가 유리 엄마에게 다가서며 어깨에 손을 얹었다.

"어머니, 저희가 있을 테니까 잠시 쉬고 오세요."

나긋나긋한 말투로 원영이가 얘기했다. 그러나 유리 엄마는 고개를 저었다.

"아니다. 내가 있어야지."

그러자 원영이가 좀 전의 데스크 직원에게 한 것처럼 유리 엄마와 눈을 맞추고 똑바로 바라보았다.

"어머니, 잠깐 쉬고 오세요."

일순 유리 엄마의 눈이 멍하게 변했다. 그리곤 기계적으로 고개를 끄덕였다.

"응. 나 잠깐 쉬고 와야겠다."

유리 엄마가 일어나서 병실을 나갔다. 유리 엄마의 움직임을 좇아 문 쪽을 보던 저승사자가 고개를 돌려 원영이를 보았다.

“그래. 깨어나게 하는 방법이 뭔데?”

“뭐 차사님도 짐작하시겠지만 유리 언니를 다른 마스터의 패밀리어로 만드는 거예요. 지금 유리 언니는 마스터의 죽음으로 정신이 붕괴된 거니까 다른 마스터와 연결되면 다시 돌아와요.”

“시험은 해본 거야?”

“예.”

원영이가 고개를 주억거렸다.

“그렇군.”

저승사자가 고개를 끄덕였다. 차사님과 원영은 서로 무슨 말인지 아는 눈치인데 난 처음 듣는 말이라 이해가 되지 않았다.

“무슨 말이야?”

옆에 있는 혜원이가 눈을 둥그렇게 떴다. 양쪽 말을 다 들은 나도 이해가 안 되는데, 원영이의 말밖에 안 들리는 혜원이는 당연히 이해가 되지 않을 것이다.

“간단하게 정리하면 유리 언니를 제 패밀리어로 만드는 거예요. 그럼 깨어나요.”

그러면서 원영이가 나를 돌아보았다.

"그러니까 유리를 네 패밀리어로 만든다는 건, 네가 유리 피를 빤다는 얘기니?"

내 물음에 원영이가 고개를 끄덕였다.

"뱀파이어가 패밀리어를 만드는 방법은 그것밖에 없잖아요."

원영이가 당연하다는 듯 천진난만한 표정으로 재잘거렸다. 무슨 생각을 하는 듯 유리를 내려다보던 저승사자가 말했다.

"할 수 없지. 깨어나게 하는 방법이 그 방법뿐이라면."

그리곤 원영을 돌아보았다.

"해라."

저승사자가 원영을 보며 허락하는 듯 고개를 끄덕였다. 저승사자의 승낙에 활짝 웃으며 원영이가 유리에게 다가갔다. 그러더니 일행을 돌아보며 머뭇거렸다.

"왜?"

저승사자가 물었다.

"저, 피 빠는 거 누가 보는 게 그래서…"

원영이가 부끄러워하며 눈을 내리떴다. 나와 혜원이가 멀뚱거리는 눈으로 서로를 쳐다보았다. 원영이의 돌아보라는 손짓에 그제야 일행 모두 돌아섰다. 등 뒤로 원영이가 커튼을 치는 소리가 들렸다. 이어 유리의 작은 비명이 들리고 꿀꺽거리며 뭔가 마시는 소리가 났다. 혜원이가 궁금한지 뒤를 힐끔거렸다. 하지만 깁스 때문에 물론 고개가 돌아가지 않았다.

"아, 아, 안 돌아가."

"야, 그냥 앞에 봐."

못 보는 게 불만인지 혜원이가 입술을 삐죽 내밀었다. 잠시 뒤 커튼을 걷는 소리가 났다. 침대에 누워 있는 유리는 좀 전보다 창백해져 있다. 유리의 눈꺼풀이 떨리며 스르르 눈을 떴다. 그리곤 고개를 돌려 침대 옆에 서 있는 우리의 얼굴을 하나하나 훑었다. 유리는 원영이를 보더니 이내 일어나 앉으려고 했다. 깍듯이 고개를 숙이는 유리를 향해 원영이가 말렸다.

"언니, 평소 하던 대로 하세요. 언니."

원영이의 말에 유리가 움직임을 멈추고 가만히 침대에 누웠다.

"네. 분부대로 하겠습니다. 원영님."

유리가 공손한 말투로 대답했다.

"말투도 평소대로 하시고요."

원영이가 나긋나긋한 말투로 말했다.

"응. 그래."

하고 유리는 평소 말투로 대답했다. 그리고는 나와 혜원이를 향해 웃었다.

"혜수야. 혜원아."

깨어난 유리가 반가워서 침대에 주저앉아 와락 껴안았다. 옆에서 혜원이도 같이 끌어안으려고 했지만 목이 아파서 못했다.

"친구도 깨어났고 하니까 난 그만 가보겠다."

저승사자가 걸음을 옮기며 말했다.

"감사합니다. 차사님."

그 등을 향해 깊이 고개를 숙였다. 날 보며 상황을 눈치챈 듯 혜원과 유리도 함께 인사를 했다.

"감사합니다."

저승사자가 한 손을 들어 보였다. 그리곤 천천히 병실을 나섰다.

에필로그

깊은 밤. 어둠 속에 난장판이 된 클럽 잔해에 한 남자가 나타났다. 남자는 드라큘라가 죽은 자리에 허리를 굽히더니 바닥에 떨어져 있는 목걸이를 집어 들었다.

"다크소울의 네크리스. 이걸로 첫 번째 준비는 되었군."

남자는 목걸이를 들여다보며 웃음을 지었다. 그리곤 목걸이를 주머니에 넣었다. 남자는 고개를 들어 하늘을 올려다보았다.

"이걸로 신의 저울이 조금은 기울었겠지? 신의 저울을 속이는 일은 쉽지 않단 말야. 크크크크."

어둠 속에서 남자의 웃음소리가 퍼져나갔다.